SARA PABORN, 1972 in Sölvesborg, Schweden, geboren, war früher in der Werbebranche tätig und lebt heute als Autorin in Stockholm. 2009 veröffentlichte sie ihr Debüt. Nach *Beim Morden bitte langsam vorgehen* ist *Meine Mutter und die Liebe* ihr zweiter Roman, der auf Deutsch erscheint.

Außerdem von Sara Paborn lieferbar:

Beim Morden bitte langsam vorgehen

SARA PABORN

Meine Mutter und die Liebe

Roman

Aus dem Schwedischen
von Sabine Thiele

PENGUIN VERLAG

Die schwedische Originalausgabe erschien 2018 unter dem Titel
Änkorna på Österlen bei Bonnier Bookery, Stockholm 2018.

1. Auflage 2020

Umschlag: Favoritbüro
Umschlagmotiv: © Stephen Mulcahey/Trevillion Images;
ju_see/shutterstock, BigganVi/shutterstock,
mubus7/shutterstock, Joe Gough/shutterstock
Redaktion: Nike Müller
Satz: GGP Media GmbH, Pößneck
Druck und Bindung: GGP Media GmbH, Pößneck
Printed in Germany
ISBN 978-3-328-10574-9
www.penguin-verlag.de

Dieses Buch ist auch als E-Book erhältlich.

1

Ich bekomme eine Liste, die auf der Rückseite einer alten Wahlwerbung der Zentrumspartei notiert ist.

Am Haus erledigen
- Reetdach neu decken lassen (es regnet rein). DRINGEND. *Von wem???*
- Mäuselöcher im Keller zumauern
- Fenster kitten
- Gästehaus abstützen (rechte Seite)
- Sperrmüll zur Abholung rausstellen, Gefriertruhe etc.
- Zaun streichen

– Rasen mähen
– Eichenlaub in Müllsäcke stopfen

Ich rufe Mama an. Nach dem siebten Klingeln meldet sie sich außer Atem.

»Mehr ist nicht zu tun?«, frage ich spitz.

»Im Moment nicht. Später kommt aber bestimmt noch was dazu. Mir fällt sicher noch etwas ein.«

Die Ironie in meiner Frage entgeht ihr.

»Was machst du? Du klingst so außer Atem«, sage ich.

»Ich habe versucht, die Motorsäge in Gang zu bringen, die ich im Schuppen gefunden habe. Der Ahorn hinter dem Haus muss gefällt werden, er ist innen völlig verfault. Ich habe wirklich Angst, dass er aufs Haus stürzt.«

»Hast du die Säge denn zum Laufen gebracht?«

»Die Kette ist ein bisschen stumpf, aber ihr müsst euch eben Ast für Ast vornehmen. Man darf es nur nicht eilig haben. Und das habt ihr ja nicht, oder?« Mama atmet erschöpft aus. »Habe ich erzählt, dass die Möwen oben auf dem Dachfirst nisten? Sie sind wiedergekommen, obwohl ich sie mit dem Besen verscheucht habe. Und jetzt regnet es auch noch rein, auf den Dachboden. Wir hätten das Reetdach schon längst neu decken lassen sollen, aber du weißt ja, wie schwierig es deswegen immer mit Papa war. Wir konnten uns nie richtig einig werden. Betonplatten wären ihm lieber gewesen.«

Mama seufzt tief, was sofort in einen besorgniserregenden Husten übergeht. Seit Papas Tod ist sie oft krank, mit unklaren Symptomen, die allerdings nie so ernst werden, als dass sie zum Arzt gehen würde. Ihre Stimme klingt brüchig und leicht vorwurfsvoll, auch dann, wenn es gar nichts gibt, worüber sie sich beklagen kann.

»Ich rede mit Fredrik«, sage ich. »Wir bleiben dann eben so lange wie nötig. Die Arbeit muss ja schließlich erledigt werden.«

Den letzten Satz sage ich angemessen gestresst, damit Mama versteht, dass es natürlich ein Opfer ist, das ich aber gern erbringe. Weil ich ein Mensch bin, auf den man sich verlassen kann. Der ordentlich ist.

»Wann kommt ihr?«

»In drei Wochen.«

Schweigen.

»Habt ihr euch gegen Zecken impfen lassen?«

»Nein.«

»Das müsst ihr aber. Holt das nach! Ich zahle euch das auch.«

»Das ist nicht nötig, Mama. Wir können unsere

Impfungen schon selbst zahlen.« Ich klinge angespannt.

»Dann lasst ihr es also noch machen? Bevor ihr kommt? Versprich es mir.«

Ich halte den Telefonhörer weit vom Ohr weg und hole zweimal tief Luft. Bis in den Bauch hinein. Trenne Emotion und instinktive Reaktion.

»Ich verspreche es«, antworte ich schließlich.

»Wie gut, dass ich dich habe, mein Liebling. Es wird so gemütlich, wenn ihr hier seid! Nicht wahr?«, sagt Mama mit leicht zitternder Stimme. »Ich habe das Gästehaus vorbereitet, du wirst begeistert sein. Es ist allerdings ziemlich windschief, das habe ich dir ja in meinem Brief geschrieben, oder? Ich habe das Bett im großen Zimmer mit ein paar Holzklötzen aufgebockt. Das sollte erst einmal halten. Ansonsten müsst ihr eine Matratze auf den Boden legen. Ihr braucht wirklich mal Urlaub. Aber der Wacholder, den Papa vor dem Schlafzimmerfenster gepflanzt hat, ist ganz schön gewachsen. Den müsst ihr unbedingt rausreißen. Ich befürchte, dass sich die Wurzeln sonst bis unter das Haus graben. Und dann bräuchte die Veranda noch ein wenig Farbe, wenn sie auch nächstes Jahr noch halten soll.«

Sie holt Luft für ihren finalen Schlag.

»Du kümmerst dich doch um jemanden, der das

Dach neu decken kann, ja? Ach, hier könnt ihr euch mal so richtig erholen. Ihr seid wirklich ganz herzlich willkommen!«

Ich lege auf. Mein Bauch und mein Nacken sind völlig verspannt.

Papa ist vor drei Jahren gestorben. Seitdem versucht Mama, sich allein um das große Haus in der südostschwedischen Region Österlen zu kümmern. Es ist ein über hundertfünfzig Jahre altes Anwesen – typisch für die Gegend –, an dem ständig etwas getan werden muss. Mama ist zweiundsiebzig, pensionierte Montessorilehrerin, deren Interesse für Arbeit mit den Händen sich immer nur aufs Nähen, Stricken und den Garten erstreckt hat. Das große Wohnhaus überfordert sie, auch wenn sie es nicht zugeben will. Die charmante Landküche ist völlig unpraktisch. Die Spüle ist zu niedrig, der Abzug zu schwach. Spülmaschine gibt es keine. Der Boden im gesamten Haus ist eiskalt. Überall zieht es. Außer im Schornstein.

Vor einem Jahr ist sie außerdem die steile Treppe hinuntergefallen und hat seither Probleme mit der Hüfte. Nur mühsam kommt sie bis zum Festnetztelefon, auf dem sie nach wie vor besteht. Sie hat sich nie die Mühe gemacht, sich mit Mobiltelefonen auseinanderzusetzen. Die Telefonnummer ist noch dieselbe wie in meiner Kindheit.

11479.

Doch nur im Haus ist die Zeit stehen geblieben.

Auf der anderen Seite der Hecke wurde die Wiese in Grundstücke aufgeteilt, der Weg verbreitert. Die Weiden wurden von modernen Wohnsiedlungen verdrängt. Der kleine Kaufladen, zu dem wir früher immer geradelt sind, hat zugemacht. Dazu gibt es nicht viel zu sagen. Alles hat seine Zeit. Ich bin nicht besonders sentimental.

Dinge verändern sich, genau wie Menschen. Was will man da schon machen?

Und ein Gefrierschrank? Der wird nicht einfach vom Sperrmüll abgeholt.

Nein, der muss zum Wertstoffhof.

Ich heiße Filippa und bin Zahntechnikerin. Mein Beruf hat viele Parallelen zum Leben an sich: Vor allen Dingen geht es um Hygiene. Man muss säubern, was schmutzig ist. Betäuben. Löcher stopfen. Fassaden reparieren. Regulieren. Für Ordnung sorgen.

Mein Mann Fredrik arbeitet bei einer Versicherung und verkauft Altersvorsorgemodelle an große Unternehmen. Wir sind erst kürzlich in eine Wohnung in der Stadt gezogen, nachdem wir viele Jahre in einem Haus gewohnt haben. Wir sind seit einundzwanzig Jahren verheiratet (wir haben gerade Opalhochzeit gefeiert) und haben zwei Kinder. Hugo ist sechzehn, Henrik achtzehn. Hugo fährt im Sommer drei Wochen ins Segellager, und Henrik leitet ein Pfadfinderlager. Fredrik und ich sind dann also allein.

Auf meinem Nachttisch liegt eine Beißschiene, daneben steht eine Flasche mit Myrrheöl für die Nagelhaut. Auf Fredriks Seite liegt ein iPad, auf dem er irgendwann eine Dokumentationsreihe über Hitlers Zeit im Bunker weiterschauen wird, außerdem brennen zwei Teelichter. Wir wollten uns einen gemütlichen Abend machen. Früh ins Bett gehen, vielleicht noch lesen oder ein Kreuzworträtsel lösen. Die Stimmung ist jedoch schnell umgeschlagen, nachdem ich ihm von meinem Telefonat mit Mama erzählt habe.

»Ich übernehme keine Verantwortung dafür, wie es dir geht, wenn wir wieder zurückkommen.«

Fredrik blickt zur Decke und spricht weiter.

»Du lädst dir viel zu viel Arbeit auf. Das ist doch das genaue Gegenteil von Urlaub.«

Im schummrigen Kerzenlicht ist sein Kiefer angespannt.

»Aber das habe ich doch auch nie verlangt, dass

du die Verantwortung dafür übernimmst, wie es mir geht?«, erwidere ich.

»Doch, sobald es dir zu viel wird oder etwas schiefgeht, muss ich dich wieder aufbauen. Ich habe dich immer unterstützt und dir gut zugeredet, aber das ist sinnlos, denn du machst ja doch immer wieder das Gegenteil. Du musst ihr Haus doch gar nicht renovieren. Vielleicht könntest du dich dieses Jahr stattdessen einfach mal ausruhen?«

»Du hast leicht reden. Sie ist schließlich meine Mutter.«

Ich reibe hektisch das Myrrheöl in die Nagelbetten meiner Finger. Es ist teuer, da darf man keinen Tropfen verschwenden.

»Sie macht dich fertig«, seufzt Fredrik. »Wir können nicht alle unsere Ferien ihrem Haus opfern. Bist du dir überhaupt sicher, dass sie es behalten will? Es ließe sich doch bestimmt eine hübsche, kleine Wohnung finden, die näher an der Innenstadt liegt und in der sie sich wohler fühlt.«

Er dreht sich zu mir.

»Ich denke dabei vor allem an sie. Der Hof macht so viel Arbeit. Wie soll sie das schaffen? Und jetzt wäre eine gute Zeit für einen Verkauf. Es gibt ja nicht mehr viele dieser alten Höfe mit so viel Fläche und so nah am Meer, oder?«

»Ich werde mit ihr darüber reden, wenn wir dort sind«, antworte ich. »Wir könnten vielleicht einen Makler kommen lassen, der alles schätzt?«

Ich strecke die Hand nach der Beißschiene aus und setze sie ein. Das ist die dritte innerhalb eines Jahres. Den Kieferbereich habe ich extra dick anfertigen lassen, denn die ersten zwei habe ich durchgebissen. Ein Mensch kann eine Beißkraft von bis zu siebzig Kilo aufbringen. Frust manifestiert sich gern in den Kiefern.

»Gut, mach das«, sagt Fredrik. »Klemm dich dahinter und überzeuge sie. Du bist schließlich die Einzige, auf die sie hört.«

Er setzt die Kopfhörer auf und lässt sich ins Kissen sinken.

Bei seiner letzten Bemerkung empfinde ich Zufriedenheit. In gewisser Weise ist das Verhältnis zu Mama einfacher geworden, seit sie allein lebt. Ich würde es niemandem gegenüber zugeben, nicht einmal Fredrik. Aber einem Teil von mir gefällt es, dass sie jetzt abhängig von mir ist. Dass sie mir zuhört. Zumindest manchmal. Mein ganzes Leben lang habe ich mich danach gesehnt, dass sie stolz auf mich ist, wollte ihr Lob. Doch trotz Ausbildung, gutem Job, schönem Haus, tollem Mann und wohlgeratener

Kinder hat sie immer etwas zum Kritisieren gefunden. Irgendetwas habe ich immer übersehen. Dass Fredrik zum Beispiel natürlich nett ist, aber sich nicht gern schmutzig macht und keinen Ehrgeiz hat. Dass die Kinder zu viel vor dem Computer sitzen und die Füße beim Gehen nicht ordentlich heben. Dass ich ihnen nicht stundenlang vorgelesen habe, so wie sie, als ich klein war. Dass wir die Lampen unnötig lange brennen lassen und zu wenig Puzzle legen. Sie und Papa hingegen waren natürlich perfekt. Doch seit sie hilfloser ist, ist sie auch weniger kritisch. Ja, wir werden den Sommer damit verbringen, das halbe Haus zu renovieren, aber eine dunkle Seite von mir genießt diese Aussicht.

Ich bin eine Frau von siebenundvierzig Jahren, Zahntechnikerin und Fredriks Frau. Ich bin die Mutter meiner Kinder. Mir sind Sicherheit und Geborgenheit wichtig. Ich gebe mein Bestes. Ich bin auch die Tochter meiner Mutter. Unser Verhältnis ist nicht immer einfach, umso wichtiger ist daher Durchhaltevermögen.

Aale schwimmen an den Ort ihrer Geburt zurück. Wellen schlagen immer wieder gegen dieselben harten Felsen. Die Sonne muss aufgehen, auch über kargen Gegenden. Und ich muss nach Hause und meiner

Mutter helfen. Doch die Vorstellung, dass wir das Anwesen ja verkaufen könnten, muntert mich auf. Vielleicht finde ich ein kleineres, modernes Haus für sie, ohne Treppen. Ohne Schwellen. Oder eine Wohnung mit hellem Boden. Darauf stolpert man nicht so leicht. Einen schönen Ort, an dem sie alt werden kann. Vielleicht eine Seniorenanlage mit gemeinsamen Aktivitäten und Abendessen? Ich meine, letztens von einer neuen Einrichtung bei Mama in der Gegend gelesen zu haben. Eine Art Senioren-WG, wie die in den Vierzigerjahren Geborenen sie eigentlich zu Hunderten hätten gründen sollen, in der die Bewohner töpfern können und Wein trinken. Doch wie alle anderen Sterblichen haben sie sich selbst verraten, und jetzt gibt es wenig Alternativen. Ich werde recherchieren, wie das Wohnheim heißt. Außerdem: Sollte das Haus verkauft werden, könnten wir uns vielleicht zinsfrei etwas Geld von Mama leihen. Das können wir gut brauchen, denn in den letzten Jahren hatten wir viele Ausgaben. Wenn wir dann im Sommer die Ritzen im Mauerwerk abdichten, alles streichen und das Reetdach neu eindecken lassen, würden wir bei einem Verkauf einen besseren Preis erzielen. Irgendwann steht er ja sowieso an.

Fredrik ist eingeschlafen, das Kinn ist auf die Brust gesunken. In dieser Position sehe ich ihn zurzeit am häufigsten. Sein Profil ist mir mittlerweile vertrauter als sein Gesicht. Das Ohr, aus dem ein paar Haare zu wachsen beginnen, der Nasenflügel, der leicht flattert, wenn Fredrik sich auf dem iPad etwas Spannendes ansieht, der Haaransatz, der etwas zurückgewichen ist. Die Kopfhörer stören seinen Schlaf nicht.

Ich stehe auf und suche im Internet nach Informationen über Reetdächer.

Ein Reet- oder Strohdach ist umweltfreundlich, hübsch und traditionell. Um die Reetbündel aufs Dach zu bringen, benötigt man Erfahrung und Material von hoher Qualität. Es muss zunächst ein Jahr lang trocknen, frei von Unkraut und ein bis zwei Meter lang sein. Auch einige andere Faktoren können entscheidend für die Lebensdauer Ihres Daches sein. Hier sind einige Ratschläge: Steht ein Baum neben dem Haus, achten Sie darauf, dass die Zweige nicht bis aufs Dach hinunterreichen, da diese sonst das Reet beschädigen können. Im Schatten altert das Material schneller. Entfernen Sie Pflanzen, die auf dem Dach wachsen. Moos ist an sich ungefährlich, kann allerdings Vögel auf der Suche nach Nahrung anlocken, die dann im schlimmsten Fall auch dort nisten, was eine große Gefahr für das Reet darstellt. Besonders Möwen sind gefährlich, deren Kot ätzende Wirkung hat und das Dach schnell verfaulen lässt.

Mein Puls beschleunigt. Die Lage ist ernst. Wenn das Dach nicht einstürzen soll, müssen wir früher fahren.

Die Lebensdauer eines Reetdachs beträgt etwa fünfzig Jahre. Das Reet auf dem Dachfirst sollte alle fünf bis zehn Jahre neu gedeckt werden. Wenn Sie Ihr Dach sorgfältig pflegen, altert es würdevoll, und Sie haben während seiner gesamten langen Lebenszeit Freude daran.

Unter der anschaulichen Beschreibung steht in Rot und fett formatiert: Neue Aufträge nehmen wir erst wieder für 2020 an. Bitte tragen Sie sich hier auf die Warteliste ein.

In Schweden gibt es nicht viele Betriebe, die Reetdächer reparieren oder neu decken. Ich klicke eine ganze Weile durch die Suchergebnisse. Die wenigen Firmen scheinen bis in den Herbst hinein ausgebucht zu sein. Ich gehe in die Küche, hole eine halb volle Flasche Wein, schenke mir ein Glas ein und starte die Google-Bildsuche. Dachgauben im Sonnenschein vor blauem Himmel. Goldenes, kräftiges Reet auf dem Dach. Ein Hof, ganz ähnlich wie Mamas, mit ockerfarbenen Fensterrahmen. Ich klicke auf das Bild und werde zu einer altmodischen, hässlichen Website weitergeleitet, die dem *Verein zur behutsa-*

men Renovierung alter Häuser gehört. Nach den Bildern zu urteilen, befindet sich der Verein in Skåne. In der kleinen Bildergalerie, die ich ganz oben im Menü finde, glänzen neu verlegte Reetdächer auf hübsch restaurierten Häusern, die inmitten von Gärten stehen, die vor Kulturpflanzen und Obstbäumen nur so strotzen. Man findet Vorher- und Nachher-Bilder von eingestürzten Dächern, die jetzt wieder mit charmanten Details erstrahlen, wie zum Beispiel kleinen Ausbuchtungen über den Dachfenstern. Auf jedem Bild ist eine Frau zu sehen, die offensichtlich überglücklich über die ausgeführten Arbeiten an ihrem Haus ist. Nicht nur Dächer werden sorgsam restauriert, sondern auch andere Bereiche des Hauses. Auf einem Bild posiert eine lächelnde Frau in lilafarbenen Hosen vor einem runden Kachelofen. Auf einem anderen legt eine gepflegte Dame den Arm um einen Handwerker, der einen Spachtel in der Hand hält. Auf einem dritten sitzt eine Frau mit mittellangem grauem Haar vor einem offenen Fenster, dessen Scheiben laut Bildunterschrift mundgeblasen sind. Auf den Fotos sind alle möglichen Frauen abgebildet. Dicke, dünne, dunkelhaarige, blonde, rothaarige.

Eines haben sie allerdings gemeinsam: Sie sehen ungewöhnlich zufrieden aus.

Offensichtlich ist das hier einer dieser kleinen Vereine, in dem sich Frauen auf dem Land organisieren, um Wintergärten und Gewächshäuser zu bauen und mit Eitempera zu malen. Ich klicke auf »Kontakt« und finde einen Namen und eine Telefonnummer: Brigitte Bagger, Simrishamn. Ich notiere mir die Nummer auf einem Zettel. Morgen werde ich sie anrufen und sie bitten, mir jemanden für das Dach zu empfehlen.

Auf der Startseite steht nur ein Satz vor grau flimmerndem Hintergrund: *Alte Häuser wollen einfühlsam, kompetent und mit Bedacht behandelt werden.*

Ein paar Tage später rufe ich an. Die Stimme am anderen Ende der Leitung ist warm und melodisch und hat einen leichten dänischen Akzent.

»Brigitte Bagger.«

»Hallo«, sage ich. »Bin ich richtig beim *Verein zur behutsamen Renovierung alter Häuser?*«

»Entschuldigung, aber mit wem spreche ich, bitte?«

Die Frau klingt plötzlich wachsam.

»Ich heiße Filippa Lövgren. Ich rufe an, weil ich jemanden suche, der ein Reetdach neu eindecken kann. Alle Firmen, die ich bisher gefunden habe, sind über den Sommer ausgebucht. Dann bin ich zufällig auf Ihre Website gestoßen, und ich wollte fragen, wer für die schönen Dächer auf den Bildern verantwortlich ist.«

»Einen Augenblick.« Die Frau legt den Hörer aus der Hand und schließt eine Tür. Dann spricht sie gedämpft weiter.

»Wie war gleich noch mal der Name?«

»Filippa Lövgren. Es geht aber nicht um mein Haus, sondern um das meiner Mutter.«

»Ich verstehe.« Die Frau holt tief Luft und räuspert sich leise. »Die Handwerker, die wir beschäftigen, arbeiten nur an ganz bestimmten Gebäuden. Wir geben die Namen im Normalfall nicht weiter, da die Nachfrage sowieso schon sehr groß ist. Es tut mir leid, aber ich kann Ihnen nicht helfen.«

Die Frau hält den Hörer dicht an den Mund. Ich sehe ihn vor mir, die rosafarbenen Lippen, die kleinen schmalen Zähne. Leicht gelblich vielleicht, wie die Halme auf ihrem Dach.

»Wie schade«, erwidere ich. »Meine Mutter ist seit Kurzem Witwe, und das Haus wird ihr einfach zu viel. Und jetzt ist auch noch das Dach undicht, es tropft auf den Dachboden. Ich weiß beim besten Willen nicht, an wen ich mich wenden soll.«

Ich senke die Stimme auf eine sanfte, aber feste Tonlage. Die Stimme ist ein wichtiges Werkzeug, um

Vertrauen aufzubauen. Auch wenn ich einem Patienten erklären muss, dass die Zahnbehandlung, der er sich unterziehen muss, nicht gerade angenehm werden wird, spreche ich immer mit dieser sanften, festen Stimme.

»Sie hat ein hübsches altes Haus hier in der Region, in Österlen«, fahre ich fort. »Mein Mann und ich wohnen in Stockholm. Ich bin ihr einziges Kind, sonst kann ihr niemand helfen, weshalb ich so schnell wie möglich jemanden finden muss. Andernfalls befürchte ich Schlimmes für das Haus.«

»Sie ist Witwe, sagten Sie?« Brigitte Bagger klingt plötzlich neugierig.

»Genau«, bestätige ich. »Seit fast drei Jahren. Bis jetzt lief es ganz gut, aber … Nun müssen wir uns um vieles auf einmal kümmern. Sie braucht dringend Hilfe.«

»Es ist immer schwierig, wenn man plötzlich allein ist«, sagt Brigitte zögernd. »Ich bin selbst seit vielen Jahren Witwe, ich weiß, wovon ich rede. Man schafft die ganzen praktischen Dinge oft nicht mehr.«

Sie hustet.

»Und Ihre Mutter wohnt ganz in der Nähe?«

»Zwanzig Kilometer von Simrishamn entfernt«, antworte ich, immer noch mit dieser festen, beruhigenden Stimme.

Die Frau schweigt. Ich höre ein Radio im Hintergrund.

»Ich könnte ein gutes Wort für sie einlegen. Aber falls – falls! – die anderen zustimmen, ihr mit unserer Adressenliste zu helfen, dann muss sie zuerst dem Verein beitreten. Wir kümmern uns nicht einfach nur um Handwerker, sondern wir sehen das Ganze eher als … Kollektiv. Wir erheben einen kleinen Jahresbeitrag, aber das Geld ist nicht das Wichtigste. Das Interesse für unsere Inhalte und Ziele ist von größerer Bedeutung.«

Ganz schön arrogant, die Dame, und offensichtlich hat sie zu viel Zeit und muss ihrem Leben damit einen Sinn geben. Aber ich tue so, als nähme ich sie ernst.

»Natürlich«, erkläre ich feierlich. »Das verstehe ich.«

»Wir müssen Ihre Mutter erst einmal persönlich kennenlernen. Wir achten sehr darauf, wen wir aufnehmen. Die richtige … Einstellung ist wichtig. Viele schätzen das nicht, womit wir uns beschäftigen.« Brigitte räuspert sich wieder.

»Ich kann Ihnen gleich ihre Nummer geben.«

»Moment, ich hole nur schnell einen Stift.«

Ich diktiere ihr übertrieben deutlich die Nummer und buchstabiere Mamas Namen.

»Wir melden uns innerhalb einer Woche«, erklärt Brigitte gnädig. »Aber ich kann nichts versprechen.«

»Vielen Dank«, sage ich und lege zufrieden auf.

Ich empfinde eine Art berufsbedingten Stolz. Das Telefonat war ein Beweis für meine Fähigkeit, freundlich und vernünftig mit Menschen zu reden. *Dinge in Ordnung zu bringen.* Ich bin jemand, der gut mit Menschen kann. Mama kann sich definitiv nicht über meine mangelnden Bemühungen beschweren. Sie wird mir danken.

Ich bin so zufrieden, dass mich sogar die hochnäsige Brigitte Bagger amüsiert, die ihren kleinen Klub und dessen Handwerker für das Epizentrum Südschwedens zu halten scheint.

Ich werfe einen Blick auf das Foto mit dem neu eingedeckten Reetdach auf der Website. Der Himmel ist phosphoreszierend blau. Eine frisch gestrichene Fahnenstange mit gehisster schwedischer Flagge ist in der oberen Ecke des Bildes zu sehen. Vor dem Haus stehen feierlich und einträchtig eine Frau und ein Handwerker. Ich vergrößere das Bild und sehe mir die Frau genauer an. Sie hat wallende Locken, trägt eine runde Brille und eine Bluse oder Tunika. Das Foto hat etwas Mystisches an sich, auch wenn ich es nicht genauer benennen kann.

Meine Mutter und mein Vater waren ein hübsches Paar. Sie haben sich kennengelernt, als meine Mutter erst sechzehn war und mein Vater zwanzig. Bis zu seinem Tod blieben sie zusammen. Bei dem Gedanken ist mir immer noch zum Weinen zumute, und auch etwas feierlich. Dieses Wissen hat mir immer geholfen, wenn es zwischen mir und Fredrik nicht gut lief, befreundete Paare sich scheiden ließen, neue Familien gründeten und vielleicht noch mal Kinder in die Welt setzten. Dieses Wissen habe ich meinen Freundinnen immer wie eine Fackel entgegengehalten, die so naiv waren, gelegentlichen Gefühlsverirrungen zu viel Bedeutung beizumessen. Dieses ganze Geschwätz von wegen, man solle seinem Herzen folgen. Was soll das eigentlich heißen? Und wer hat schon die Kraft dazu? Das Herz ist wie ein Hund, wenn man mich fragt. Es soll einem folgen, nicht umgekehrt. Es soll auf das Kommando »Bleib!« hören. Sonst entsteht nur Chaos. Es ist überhaupt nicht sicher, ob der Weg des Herzens der ratsamste ist. Es ist launisch und ändert ständig seine Meinung. Fredrik und ich hatten natürlich unsere Krisen, aber eine Scheidung kam nie infrage. »Schau dir nur meine Eltern an!«, hatte ich Fredrik immer vorhalten können. Sie sind der Beweis, dass es funktionieren kann. Denn für jeden von uns existiert ein ganz besonderer

Mensch. Und dann müssen wir lernen, mit ihm zu leben und ihn zu ertragen. Einigen fällt das leichter als anderen. Doch man muss sich einfach durchbeißen. Wer A sagt, muss auch B sagen. Das Durchhalten erfüllt einen auch mit einer gewissen Befriedigung, wenn man es nur lange genug schafft.

Mein Vater war Zahnarzt mit eigener Praxis. Kein geschickter Mann, aber ein beinharter Ästhet. Immer akkurat gekleidet. An ihm sah sogar die Badehose im Sommer frisch gebügelt aus. Er war groß und schlank, mochte Eggnogg und die *National Geographic*. Mama stellte ihn selten infrage. Sie lief ihm meist hinterher und lobte ihn. Bediente ihn. Strich ihm das Haar aus dem Nacken. Wenn sie doch einmal verärgert war, ging sie ins Haus und nähte. Einmal – während ihrer größten Krise – entstand so eine ganze Patchworkdecke. Die legte sie dann im Gästezimmer in ein Regal. Vielleicht ertrug sie den Anblick nicht. Ich habe ihre stoische, passive Wut immer idealisiert und mich gleichzeitig darüber aufgeregt. Das Erdulden. Der schweigende Triumph. Trotzdem stelle ich mir vor, dass sie das glücklichste Ehepaar der Welt waren. Sie sahen zumindest so aus.

Jetzt trägt sie ihr Witwendasein mit altmodischem Ernst. Ihr Haar ist silbergrau und kinnlang. Diverse Broschen reichen ihr als Schmuck, oft mit Bernstein.

Sie hat sich nie sonderlich für Mode interessiert, hat sich aber immer geschmackvoll in gerade geschnittene Blusen, hübsche Strickjacken und praktische weite Hosen gekleidet. Auf Farben hat sie dagegen immer geachtet. Aubergine. Ziegelrot. Lavendel. Taubenblau. Sie misst Farben Eigenschaften und Kräfte bei. Das kommt von ihrem Beruf als Montessorilehrerin. Die Kinder lernen die Farblehre und den Einfluss der Einrichtung des Raumes auf den Unterricht. Grün wirkt zum Beispiel beruhigend und dämpfend. Deshalb ist die Berufskleidung in Krankenhäusern oft grün, ebenso wie meine Kleidung in der Zahnarztpraxis, wenn ich Patientenkontakt habe. Doch selbst auf die Farben verzichtet Mama seit Papas Tod. Als ob sie mit ihren braunen und grauen Kleidern zeigen wolle, dass ihr Leben keine Freude mehr für sie bereithalte. Ich finde das ein wenig beleidigend. Schließlich bin ich ja auch noch da. Und die Kinder.

Sie erwartet uns am Bahnhof, als wir aus dem Zug steigen. Fredrik hat sich beinahe die ganze Fahrt über stumm mit seinem Handy beschäftigt. So ist das, wenn man schon lange zusammen ist. Man kann miteinander schweigen, ohne dass man sich unwohl fühlt. Vielleicht ein bisschen unausgefüllt. Doch die

Reise verging schnell, ausnahmsweise gab es keine Verspätung. Wie immer weht ein kräftiger Wind. Hier in Skåne ist es flach, und die wenigen Bäume halten die Böen vom Meer nicht auf. Ich habe mir neue Laufschuhe und eine Steppjacke gekauft. Hier weiß man nie, wie das Wetter wird.

Mama kommt leicht hinkend auf uns zu. Ihr Rücken ist gebeugter als früher. Als sie uns Weihnachten besucht hat, hat sie sich noch ganz aufrecht gehalten. *Steh gerade!,* war immer ihre Lieblingsermahnung gewesen. Eine aufrechte Haltung ist wichtig. Wird man da nachlässig, entgleitet einem auch alles andere. Das Äußere ist wichtig, denn es stützt das Innere. Ich wende kurz den Blick ab. Noch schaffe ich es nicht, dieser gebeugten alten Frau gegenüberzutreten.

»Vergiss nicht, heute Abend mit ihr zu reden«, raunt Fredrik und wirft mir einen vielsagenden Blick zu. »Wegen des Verkaufs.«

»Ja, ja, keine Angst«, flüstere ich zurück.

Wenn wir warten, wird es nur noch schlimmer. Am besten sprechen wir es sofort an, erklären, dass wir über die Vor- und Nachteile nachgedacht haben und ihr helfen wollen, in absehbarer Zeit eine angemessene Alternative zu finden. Währenddessen könnten wir schon mal einen Makler kommen lassen, der das Anwesen schätzt. Fredrik wird sich zurückhalten, und ich werde das Wort führen.

»Filippa! Fredrik! Wie schön, euch zu sehen!«

Mama fällt mir um den Hals. Rasch mache ich mich wieder los. Umarmungen sind hinterhältig, sie wecken Gefühle und binden einen an den anderen Menschen.

»Hallo«, sage ich und streichele ihr flüchtig über den Rücken. »Wartest du schon lange?«

»Überhaupt nicht. Eine Weile stehe ich aber schon hier. Mir tut ein wenig der Rücken weh, aber das gibt sich sicher bald. Die Jungs sind nicht dabei?«

Sie presst die Lippen aufeinander.

»Nun, sie sind ja jetzt groß und haben ihre alte Großmutter sicher schon vergessen«, fährt sie mit einem kurzen, freudlosen Lachen fort. »Aber eine Woche im Sommer hätten sie ja wohl erübrigen und mich besuchen können. Ist das euer ganzes Gepäck? Das Auto steht da drüben. Geht nur vor, wenn ihr wollt. Ich bin nicht so schnell.«

Wir gehen zum Wagen, und Fredrik lädt schweigend und angespannt unser Gepäck in den Kofferraum.

»Soll ich fahren?«, frage ich Mama.

»Nein, nein, das kann ich schon noch. Ich brauche nur meine Brille.«

Sie deutet auf das Etui auf dem Beifahrersitz. Ich

gebe es ihr und setze mich neben sie. Mama fährt vom Parkplatz, nach vorn gebeugt wie eine krumme Kiefer, die sich nach der Sonne streckt.

Sie deutet auf die ganzen neu gebauten Häuser, informiert uns, wer in letzter Zeit geheiratet hat, krank geworden oder gestorben ist und wer von den kürzlich Zugezogenen schon wieder genug vom Landleben hatte und zurück in die Stadt geflüchtet ist, von der man sich doch gerade erst verabschiedet hatte. Ein Hotel musste Konkurs anmelden. Ein paar Dänen haben eine Mosterei eröffnet. Ein Baumarkt, der wie geschmiert läuft.

»Ich weiß noch, wie die Jungs am Küchentisch saßen und mit den Kreiden gemalt haben, die ich damals hatte. Henrik war nicht älter als zwei, drei Jahre. Und dann hat Papa gefragt, wen die Strichmännchen denn darstellen sollten. Und wisst ihr noch, was er geantwortet hat?«

Mama sieht mich auffordernd an.

»Nein«, muss ich zugeben.

»Ein Kollege. Ich male einen Kollegen! Das hat er gesagt. Er hat wohl gehört, wie Papa und ich uns darüber unterhalten haben. Einen Kollegen. Ja, so war das damals.«

Mama lächelt und biegt auf den ausgeblichenen, schmalen Asphaltweg ein, der zum Hof führt.

»Malt Henrik immer noch?«

»Er ist achtzehn«, rufe ich ihr in Erinnerung.

»Veronicas Sohn hat sich an der Kunstakademie beworben«, sagt Mama. »Er ist auch achtzehn.«

Ich sehe aus dem Fenster.

Es hat keine fünf Minuten gedauert. Mein Magen verkrampft sich, meine Kehle ist wie zugeschnürt von einer Anspannung, die mir wohlbekannt ist.

Während Fredrik das Gepäck im Gästehaus abstellt, gehe ich durch die vertrauten Räume im Wohnhaus. Die Dusche ist klein, mit einem Rollstuhl nicht zu benutzen. Falls Mama irgendwann einen brauchen sollte. Die Treppe hat immer noch kein Geländer, das war eines der Projekte, die vor Papas Tod nicht mehr angegangen wurden. Ich stehe eine Weile auf dem Dachboden, wo es hineinregnet. Einzelne Halme liegen auf den Dachbalken, die Sonne scheint durch die Löcher auf den lackierten Holzboden. Den man übrigens auch ersetzen oder zumindest abschleifen sollte. Das Einzelbett mit dem steifen gehäkelten Überwurf steht noch da, genauso wie der lederne Ohrensessel, in dem ich mich als Kind immer zusammengerollt und Pferdezeitschriften und Comics gelesen habe. Auf einem der Balken, die an den Wänden entlanglaufen, steht Papas Zinnsoldatensammlung. Die Figuren sind staubig. Ich weiß noch, wie ich einmal einen besonders geliebten Soldaten im hohen Gras unter einem Elsternnest gefunden habe und wie Papa sich darüber gefreut hat.

Ich erinnere mich an seinen sonnenverbrannten Rücken, wie er leicht gebeugt über einem Nagel oder einem Brett steht und über deren Verwendung nachdenkt. Das blonde Haar steht arglos vom Kopf ab, auch später noch, als er älter wurde. Seine Zinnsoldaten und ein paar wenige andere Besitztümer lagen ihm sehr am Herzen. In der Hinsicht war er sparsam, er kaufte wenig neue Dinge. Neben den Figuren steht ein gerahmtes Foto. Papa sitzt mit überschlagenen Beinen im Liegestuhl auf der Terrasse, in weißen Shorts, Socken, Schuhen und kurzärmeligem Hemd. Im Hintergrund sehe ich mich, ungefähr zehn Jahre alt, wie ich unter einem schiefen Pony Richtung Kamera blinzele. Ich halte meinen Hüpfball mit den orangefarbenen Griffen in der Hand, für den ich eigentlich zu alt bin, auf den ich mich heimlich aber doch immer wieder setze.

Ich schlucke gegen den Kloß im Hals an und gehe zurück zur Treppe.

Sie ist wirklich steil. Lange kann Mama auf keinen Fall mehr hier wohnen bleiben.

»Filippa!«, ruft Mama aus der Küche.

»Ja?«

»Was sollen wir denn heute Abend essen? Ich hatte keine Zeit, etwas Besonderes einzukaufen. Reichen Hering und Salzkartoffeln? Und dazu ein Bier?«

»Auf jeden Fall«, antworte ich. »Ich kann ja morgen zum Einkaufen fahren.«

Wir sitzen an dem runden Küchentisch, von dem man über das Grundstück und die angrenzenden Felder blicken kann.

Mama hat mit unterschiedlichen blauen Tellern gedeckt. Sie liebt Blau. Auf den Fensterbrettern stehen Schalen mit Muscheln und Holzboote mit roten Segeln. So sah es hier schon immer aus, alles steht an seinem gewohnten Platz. Mama und Papa waren einander genug, sodass nie etwas verändert werden musste. So stelle ich es mir zumindest vor.

»Diese Frau, der du meine Nummer gegeben hast«, sagt Mama beiläufig. »Brigitte, vom *Verein zur behutsamen Renovierung alter Häuser.*«

»Ja?« Ich nehme mir etwas von dem eingelegten gebratenen Hering.

»Sie war letzte Woche zum Kaffee hier.« Mama reicht mir die Schüssel mit den Kartoffeln.

»Eine sehr spezielle Frau. Geradezu überwältigend, muss ich sagen. Eine echte Visionärin.«

Mama streicht sich eine graue Haarsträhne aus dem Gesicht.

»Wie schön«, antworte ich.

»Durch sie sehe ich einiges mit anderen Augen. Du weißt ja, wie kraftlos ich mich in letzter Zeit gefühlt habe. Manchmal habe ich sogar schon darüber nachgedacht, das Haus zu verkaufen. Aber Gott bewahre! Dein Elternhaus!«

Fredrik und ich wechseln einen raschen Blick über den Tisch hinweg.

»Das verstehe ich gut«, sage ich und huste. »Ich habe gesehen, dass am Hafen neue Seniorenwohnungen gebaut wurden. Bikupan nennt sich die Anlage – der Bienenkorb. Im Online-Prospekt sieht sie wirklich schön aus. Ich habe ihn vor der Abfahrt sogar ausgedruckt, falls wir mal vorbeifahren wollen. Er liegt in meiner Handtasche. Ein paar Wohnungen sind noch frei, aber man muss wahrscheinlich ziemlich schnell zuschlagen.«

Ich lasse mir nichts anmerken und strecke die Hand nach der Senfsoße aus.

»Vor einem halben Jahr wäre das sicher interessant gewesen«, erwidert Mama und legt sich die Serviette auf den Schoß. »Bevor ich Brigitte kennengelernt habe. Aber diese Frau hat mich auf andere Gedanken gebracht. Das Treffen mit ihr war wirklich unglaublich inspirierend.«

Mama lächelt geheimnisvoll.

»Manchmal braucht man jemanden, der einem die Augen öffnet, weil man selbst zu blind dafür ist.«

Ich sehe sie verwundert an.

»Was meinst du? Es ist doch nicht falsch, über einen Umzug nachzudenken? Das Haus wird in Zukunft sicher nicht weniger Arbeit machen.«

Meine Wangen beginnen zu glühen. Ich sehe Hilfe suchend zu Fredrik.

»Nein, das weiß ich. Aber es gibt Wege.«

Mama zuckt mit den Schultern. »Zum ersten Mal seit langer Zeit habe ich ... Hoffnung? Als ob da doch noch ein Funken in mir wäre, der mir die Kraft gibt, hier wohnen zu bleiben und mich weiterzuentwickeln. Ich liebe diesen Ort so sehr. Das kann man nicht einfach so eintauschen.«

»Es ist aber mit hohen Kosten verbunden, dieses Haus zu unterhalten«, sage ich angespannt.

»Zum Glück musst du dir darüber keine Sorgen machen.«

Mama lächelt freundlich.

»Ich komme noch gut zurecht. Vielleicht will ich mein Geld ja genau dafür verwenden? Jetzt esst aber erst mal. Im Kühlschrank ist noch mehr. Und ich will wissen, wie es den Jungs in der Schule geht. Haben sie Freundinnen? Fredrik, hast du abgenommen? Du siehst ein bisschen abgezehrt aus.«

Mama legt den Kopf schief. Die Falte zwischen Fredriks Augenbrauen hat sich vertieft. Er wirkt ratlos.

»Ich mache eine Flasche Wein auf, ja?«, sage ich und stehe auf. »Heute war ein langer Tag.«

»In der Speisekammer steht eine Flasche Weißwein. Denk an die Stufe!«, ruft Mama fröhlich.

Das sagt sie zu spät. Ich bin schon gestolpert und habe mir die Zehen angeschlagen. Es tut verdammt weh.

Es klopft an der Tür. Es ist früh am Morgen, auf dem Gras liegt noch der Morgentau. Vor dem Haus steht ein Mann, den ich noch nie gesehen habe.

Er hat einen olivfarbenen Teint, breite Schultern und trägt die dichten grauen Haare im Nacken zu einem Pferdeschwanz gebunden. Große Tätowierungen schauen unter den Ärmeln seines T-Shirts hervor. Er ist etwa Mitte sechzig, vielleicht auch jünger, und scheint irgendwo aus dem mittleren Osten zu kommen. Neben dem kleinen Korb mit den Stiefmütterchen, den Mama auf die Treppe gestellt hat, sieht er etwas bizarr aus. Er hat braune Augen, die fragend blicken, der Bart ist schwarz mit grauen Einsprengseln. Instinktiv schließe ich die Tür bis auf einen Spalt.

»Wer sind Sie?«, frage ich.

»Ali.«

Wir schütteln uns die Hände, sein Griff ist fest.

»Ich bin der Dachdecker.«

Ich brauche einen Moment, bis ich seine Worte begreife.

»Jetzt schon?«

»Heute ist die Besichtigung. Wir haben sieben Uhr vereinbart.«

Ein blauer Lieferwagen steht auf dem Grundstück. Auf der Seite steht »Dachdecker Ali. Ihr verlängerter Arm. Kompetent und zuverlässig«.

»Oh, gut«, sage ich. »Da müssen Sie drüben beim Haus klopfen, dort wohnt meine Mutter. Sie ist da.«

»Das habe ich schon, aber es macht niemand auf.«

»Ich ziehe mir nur schnell etwas an«, erwidere ich. »Warten Sie. Einen Moment.«

Ali nickt lächelnd. Er hat eine kräftige Kieferpartie und gerade Zähne.

Vorsichtig rüttele ich Fredrik wach. Er ist mit der Lesebrille auf der Nase auf der Extramatratze eingeschlafen. Das macht er in letzter Zeit manchmal, legt sich irgendwo anders im Haus hin, um zu lesen oder sich was auf dem iPad anzuschauen, ohne mich zu stören. Hier haben wir nur ein Zimmer, das Kopfende der Matratze ragt in die Toilette hinein. Die Deckenlampe brennt immer noch.

»Der Dachdecker ist hier«, flüstere ich. »Er sagt etwas von einer Besichtigung. Ich glaube, er will den Preis hochtreiben. Kommst du mit rüber?«

»Ich bin ein bisschen angeschlagen.«

Fredrik hustet.

»Ich glaube, ich habe Fieber. Ich bleibe lieber noch liegen.«

Seine Stirn ist nicht besonders warm, als ich meine Hand darauflege.

»Okay«, antworte ich enttäuscht.

Mama schließt selten ab. Sie hat Ali nicht gehört, weil ihre Ohren seit Papas Tod schlechter werden. Ich setze Kaffeewasser auf, während sie sich zurechtmacht. Ali geht vorsichtig durch die Küche. Er ist stämmig, aber nicht so groß, dass er sich wie Fredrik den Kopf an den Türstöcken anschlägt. Als ich ihn ansehe, verzieht er den Mund zu seinem blendend weißen Lächeln. Mama nimmt das Wasser vom Herd und brüht den Kaffee auf. Dafür benutzt sie immer noch dieselbe Kanne wie schon in meiner Kindheit; sie ist aus rostfreiem Stahl, auf der Unterseite steht »Hollywood«. Mama geht auf Ali zu.

»Willkommen, und bitte entschuldigen Sie, dass ich Sie nicht gehört habe.«

Lächelnd reicht sie Ali die Hand.

Warum hat sie ein rotes Kleid an?

»Wie schön, Sie kennenzulernen. Ich habe schon viel von Ihnen gehört. Sie sollen ja eine richtige Dachdeckerlegende sein.«

Sie kichert wie ein junges Mädchen.

»Möchten Sie eine Tasse Kaffee?«

»Gern.« Ali lächelt wieder.

»Filippa, kannst du uns zwei Tassen machen und ins Wohnzimmer bringen?«

Mama wirft mir einen raschen Blick zu

»Und vielleicht ein paar Kekse. Sie sind im Schrank.«

Mama stupst mich an und deutet auf die Kaffeekanne und den Schrank. Dann verschwinden die beiden im Wohnzimmer und schließen die Tür hinter sich.

Leicht verärgert gieße ich den Kaffee in die Tassen und sehe nach draußen zu dem Lieferwagen mit der Aufschrift »Dachdecker Ali. Ihr verlängerter Arm. Kompetent und zuverlässig«. Ein seltsamer Name für einen Dachdeckerbetrieb. Vielleicht ein Deckname? Vielleicht macht er eigentlich etwas ganz anderes? Wird Mama in irgendwelche halbseidenen Sachen hineingezogen? Oder gar übers Ohr gehauen?

Ein zweiter Lieferwagen fährt vor, aus dem zwei

jüngere Männer in Arbeitsmontur aussteigen. Sie beginnen sofort, das Haus zu umrunden und zu begutachten. Als ich das schwarze Tablett mit den Kaffeetassen und den Keksen ins Wohnzimmer bringe, verstummt das Gespräch sofort. Mama und Ali sitzen nebeneinander auf dem Sofa und sehen mir zu, während ich alles auf den Tisch stelle.

»Ich wusste ja gar nicht, dass Reetdächer eine so vertrauliche Angelegenheit sind«, sage ich schmunzelnd.

»Es gibt viel zu besprechen und zu beachten«, antwortet Ali. »Diese Arbeit muss gründlich erledigt werden oder gar nicht.« Er sieht mich ernst an. »Das ist eine wichtige Entscheidung.«

»Na gut«, erwidere ich. »Ich verstehe. Braucht ihr noch etwas?«

»Nein, vielen Dank, Liebling«, sagt Mama. »Schließ bitte die Tür hinter dir.« Sie legt den Kopf schief. »Wir würden gern in Ruhe weiterreden.«

Ich gehe nach draußen ins Freie. Der Morgen ist warm und windstill, der Himmel tiefblau, ein Zeichen, dass es heute wahrscheinlich noch wärmer wird. Die Gehilfen grüßen mit einem knappen Kopfnicken. Ich sollte in die Stadt fahren und einkaufen. Vielleicht auch ein paar Medikamente für Fredrik. Paracetamol und Halstabletten.

Ich nehme die Autoschlüssel und setze mich in Mamas Golf. Ein undefinierbares Gefühl der Unruhe, der Bedrohung nagt an mir. Irgendetwas ist nicht so, wie es sein sollte.

2

Fredrik und ich haben einen Kredit aufgenommen, als wir unser Einfamilienhaus verkauft und eine Wohnung in der Stadt erworben haben. Eigentlich hätte sie nicht so teuer sein sollen, aber als die Auktion im Gang war, konnten wir nicht einfach so aussteigen. Zu dem Zeitpunkt erschien es uns angemessen, acht Millionen Kronen dafür zu zahlen. Die genaue Summe habe ich Mama verschwiegen, das hätte sie nur beunruhigt. Im Gegenteil, ich habe ihr den Kauf so präsentiert, als hätten wir ein gutes Geschäft gemacht. Doch tatsächlich haben wir für das Haus längst nicht so viel bekommen, wie wir uns erhofft hatten. Die neue Wohnung brachte leider auch einige Extraausgaben mit sich, wir brauchten eine Alarmanlage, eine Garage und ein neues Badezimmer. Aber für die Jungs ist es besser, in der Stadt zu wohnen, um näher bei ihren Freunden und Aktivitäten zu sein.

Fredrik hat natürlich immer noch sein Boot im Segelklub, auch wenn wir damit auch dieses Jahr nicht gesegelt sind. Trotzdem kostet der Liegeplatz an Land natürlich einige Tausend Kronen im Jahr. Er hat das Holzboot günstig bekommen, es war allerdings nicht seetüchtig und ist es seit sieben Jahren nicht. Im besten Fall hat es für Fredrik therapeutischen Wert.

Jedenfalls haben wir hohe Schulden. Sobald das Gehalt auf dem Konto ist, geht alles für Zinsen und Raten drauf. Die laufenden Kosten finanzieren wir fast vollständig über einen Kredit. Ich denke nicht gern darüber nach, denn sonst bekomme ich einen Ausschlag an den Händen.

Im Lauf der letzten Wochen haben wir immer öfter daran gedacht, uns Geld von Mama zu leihen, wenn sie das Haus verkauft. Natürlich zu fairen Konditionen und mit einem ordentlichen Ratenzahlungsplan. Es ist wichtig, seinen Verpflichtungen nachzukommen. Aber jetzt? Mama hat wieder Hoffnung? Und will deshalb weiter hier wohnen bleiben? Und alles nur, weil ich so verdammt effizient bin und diese Brigitte Bagger aufgetrieben habe, die sich ganz plötzlich in unser Leben einmischt. So war das eigentlich nicht geplant.

Ich parke den Wagen am Stortorget in Simrishamn und betrete die Apotheke. Eine Packung Strepsils-Lutschtabletten kostet achtundachtzig Kronen. Das Paracetamol sechsundsiebzig. Ich bleibe am Regal mit den Produkten zu Lust und Liebe stehen, die es seit einiger Zeit hier gibt. Ein Klitorisvibrator. Massagestäbe. Gleitmittel. Etwas zur Stimulierung des G-Punktes. Himmel. Als ich das letzte Mal vom G-Punkt gehört habe, wurde er noch für einen Mythos gehalten.

Die Gegenstände im Regal bereiten mir alles andere als Lust. Kauft das wirklich jemand? Hier in Simrishamn? Hat man mehr Zeit für Lust und Liebe, wenn man weniger arbeitet? Wer bezahlt eigentlich diese Laster? Vermutlich wir Großstädter, mit unseren hohen Steuern und der Unterstützung, die in die ländlichen Gebiete fließt.

Ich persönlich finde ja, dass Sexspielzeuge überbewertet und ein bisschen lächerlich sind. Sie wirken irgendwie gezwungen. Klar, Fredrik und ich haben auch ein wenig herumprobiert. Einmal mit einer Art Dildo, den wir über einen Versandhandel bestellt haben, als es das noch gab. Doch ich habe ihn schon bald auf dem Wertstoffhof im Elektronikcontainer entsorgt.

Man beachte, dass *ich* mich um die korrekte letzte Ruhe der Batterien und des Gerätes gekümmert habe.

Ich lege noch eine Packung Halstabletten und ein kleines Mundspray in den Korb, bezahle und gehe nach draußen in die Sonne. Ich spüre einen Druck auf der Brust. Vielleicht hilft etwas zu essen und ein Glas Wein.

Ich schlendere in die Hamngatan. In einem blauen Steinhaus mit Terrasse hat ein Restaurant neu eröffnet. Das Essen ist teuer, aber das lässt sich jetzt nicht ändern. Ich setze mich an einen Tisch im Freien und bestelle das Tagesgericht; Scholle mit Roter Bete, Kapern, Meerrettich und gebräunter Butter sowie ein Glas Weißwein. Hier auf dem Land braucht man keine Angst vor einer Verkehrskontrolle zu haben.

Ich hole den Prospekt für die Seniorenwohnanlage namens Bienenkorb aus der Tasche. Sie liegt nicht weit von hier. Ich hatte gedacht, Mama beiläufig davon zu erzählen und daran das Gespräch anzuknüpfen, zu dem es gestern Abend jedoch nicht mehr kam. Auf der Vorderseite ist ein modernes weißes, mehrstöckiges Haus sowie ein prachtvolles Gewächshaus abgebildet, mit gezeichneten Menschen, die fröhlich aussehen.

»Die Seniorenwohnanlage Bienenkorb bietet schöne und funktionale Wohnungen für Menschen ab fünfundfünfzig. Hier wird Ihnen Komfort und Unterhaltung geboten, ein wohnlicher Gemeinschaftsraum für Aktivitäten und gemütliches Beisammensein, ein Wintergarten und eine Gästewohnung für längeren Besuch. Ist es nicht herrlich, eine schöne neue Wohnung zu beziehen, mit der Aussicht auf eine spannende Zukunft? Von der Anlage sind Sie zu Fuß in wenigen Minuten im Zentrum. Trotzdem wohnen Sie ruhig inmitten von Obstbäumen und Vogelgezwitscher, was Sie auf unseren Bänken inmitten von Buchenhecken und Lauben genießen können.

Im großen Gemeinschaftsraum wird am Nachmittag Kaffee serviert, und die gemütlichen Sofas laden zu einem ungezwungenen Kennenlernen ein. Hier muss sich niemand allein fühlen. Herzlich willkommen zu einem neuen Kapitel Ihres Lebens!«

Einen Moment lang bin ich unerwartet neidisch. Man stelle sich vor, ein Ort, an dem man entspannen kann, an dem man kein funktionierendes Mitglied der Gesellschaft mehr sein muss. Die Wohnungen sind nicht billig, ganz bestimmt nicht, aber sie kosten immer noch weniger als die Hälfte dessen, was Mamas Haus einbringen würde. Geld, das sie dann nicht für sich bräuchte. Abgesehen davon, mache ich das ja wegen ihr. Das Haus ist definitiv zu groß für sie allein. Sie ist die Treppe runtergefallen! Sie hinkt! Die Wohnanlage liegt in Bahnhofsnähe, und bis zur Innenstadt ist es auch nicht weit, das ist ein gutes Argument. Dann wäre sie nicht mehr aufs Auto angewiesen. So sollte man sie eigentlich überreden können. Noch werde ich nicht aufgeben. Ich nehme einen Stift aus der Tasche und unterstreiche einige ansprechende Schlagworte. *Lauben. In geschmackvollen Farben eingerichtete Zimmer. Salon und Bibliothek. Hausverwaltung vor Ort.*

Ich muss gut vorbereitet sein, wenn ich sie erfolgreich bearbeiten will.

Ein junges Paar hat sich an den Nebentisch gesetzt. Plötzlich bin ich abgelenkt. Sie halten einander an den Händen und küssen sich leidenschaftlich. Wahrscheinlich wissen sie nicht, dass ein Kuss achtzig Millionen Bakterien von einer Mundhöhle in die andere überträgt. Man kann sich beim Küssen sogar mit Karies anstecken. Das wissen nicht viele. Das Bakterium *Streptococcus sobrinus* lebt sehr behaglich im Zahnfleisch und kommuniziert nur zu gern mit allen fremden Zungen, die mal vorbeischauen. Es kommt gar nicht so selten vor, dass Menschen, die nie Probleme hatten, plötzlich Löcher in den Zähnen haben. Oft stellt sich dann heraus, dass sie ein paar Monate zuvor eine neue Beziehung eingegangen sind. Die Zähne verraten mehr, als den meisten klar ist. Wann habe ich Fredrik eigentlich zum letzten Mal geküsst? So richtig, mit Zunge? An Weihnachten vielleicht? Man kann auch ohne Zungenküsse seine Liebe zeigen. Ich zwinge mich, den Blick abzuwenden. Passenderweise wird meine Scholle zusammen mit dem kalten Weißwein serviert. Chablis. Hundertfünfundvierzig Kronen das Glas. Die Kreditkarte krümmt sich geradezu in meiner Tasche. Ich spüle das schlechte Gewissen mit einem großen Schluck hinunter.

Wenn man sich nach einer Veränderung sehnt, dann muss man selbst etwas dafür tun, in der Liebe wie im Beruf. Streit bringt niemandem etwas. Man kann diskutieren, alles durchsprechen, unterschiedlicher Meinung sein. Dann muss man einen Kompromiss finden. Es ist wichtig, dass man im Alltag aufeinander achtet. Die kleinen Dinge zählen. Zum Beispiel, dass man dem anderen einen Smoothie mixt. Oder ihn im Vorbeigehen berührt. Dass man einander eine gute Nacht wünscht, auch wenn man wütend auf den anderen ist. Im Badezimmer hat jeder seine Privatsphäre, und man schnüffelt nicht im Handy des anderen herum. Man muss tolerant sein und nicht nachtragend.

Nach dem Essen bestelle ich mir einen doppelten Espresso mit ein bisschen warmer Milch und halte blinzelnd das Gesicht in die Sonne.

Als ich Fredrik kennengelernt habe, hat er in Umeå Jura studiert. Er war stark ins Studentenleben involviert, hat im Studentenklub Bier gezapft, bedient und Theater gespielt. Er sah gut aus mit seiner rotblonden Mähne und den schmalen Augen und war witzig, sehr beliebt bei den Mädchen. Er war ein bisschen ein Bohème, nur Flausen und verrückte Ideen im Kopf, jemand, um den sich alle scharten. Ich dagegen war eine der besten am Zahntechnikerinstitut. Wir kamen zusammen, nachdem er bei einem Uniball an meinem Tisch gelandet war. Fredrik war weit gereist, sein abgegriffener Pass voller Stempel. Er war sogar schon mit der Transsibirischen Eisenbahn gefahren. Beim ersten Treffen mit meinen Eltern sagte er, dass er Jurist werden wolle. Menschenrechtsfragen waren ihm wichtig. Die Dritte Welt. Internationale Beziehungen. Papa war zufrieden, für ihn klang das ordentlich und ambitioniert. Doch das Studium erwies sich als zu schwer für ihn. Das Studentenleben kostete zu viel Zeit, zu viele Dienste an der Bar im Studentenpub, zu viele Feiern und Billardturniere und Quizabende mussten organisiert werden. Ich schloss meine Ausbildung dagegen als eine der Jahrgangsbesten ab. Wir zogen in eine kleine Zweizimmerwohnung im Zentrum, die ich finanzierte und in der wir in einem schmalen Bett mit Stahlrohrgestell schliefen. Wir kauften uns ein Buch über die Kunst der Liebe und versuchten, alle Stellungen auszuprobieren, die ein stark behaartes Paar vorführte. Manchmal spielten wir Tischtennis im Gemeinschaftsraum im Keller der Wohnanlage. Joggten. Testeten die Empfindlichkeit von Ohrläppchen, erforschten den Venushügel. Ich ging die Freuden der Liebe genauso engagiert an wie mein Studium und lernte, mit einem Mann zum Orgasmus zu kommen.

Orgasmus. Heutzutage kann ich das Wort kaum aussprechen, ohne mir albern vorzukommen. Ebenso wie all die anderen Wörter, mit denen wir damals um uns warfen. Erotik. Sexstellung. Vulva. Oben sitzen. Scham. Geschlechtsakt. Knutschen. Wer sagt so etwas heutzutage? Wohin ist der Venushügel eigentlich verschwunden?

Heutzutage sprechen wir im Bett kaum noch miteinander, wir wissen, was der andere mag. Das ist effizient, gibt Sicherheit. Wir schlafen nicht mehr eng umschlungen, das ist nicht mehr nötig. Wir haben ein breites Bett mit zwei Matratzen. Mit den Jahren wird der eigene Komfort immer wichtiger, so ist das einfach. Als ich schwanger wurde, habe ich mich durchgesetzt, und Fredrik hat doch noch seinen Abschluss gemacht. Kraft, eine Stelle zu suchen, hatte er dann allerdings keine mehr. Ich habe ihn überredet, in einer Versicherung anzufangen, zu der mein Vater den Kontakt hergestellt hatte. Eigentlich war er überqualifiziert für den Job, aber mir zuliebe hat er ihn angenommen. Ich weiß noch, was Mama gesagt hat, als ich zum zweiten Mal schwanger war und Fredrik immer noch bei der Versicherung arbeitete.

»Ach, Fredrik. Wir dachten ja, dass aus ihm mal was wird, so motiviert, wie er war. Aber es steckt wohl doch nicht so viel in ihm.«

Und dann hat sie gelächelt.

Ich habe ihn natürlich verteidigt und gesagt, dass Fredrik der beste Verkäufer ist, den es in dem Laden jemals gab, und außerdem ein großartiger Vater. Man steht zu seinem Wort. Passt aufeinander auf. Lasst die Sonne nicht untergehen, ohne dass ihr einander vergeben habt.

»Nun ja, es war jedenfalls gut, dass Papa ihm die Stelle verschafft hat«, hatte Mama bemerkt. »Sonst wäre er wahrscheinlich immer noch Student und würde seine Zeit mit Dartspielen verschwenden.«

Ich bitte um die Rechnung. Es ist schon nach zwölf.

Hoffentlich haben sich Mama und der Dachdecker auf einen Preis und einen Zeitplan geeinigt. Im besten Fall sind die Dacharbeiten so kostspielig, dass Mama begreift, wie teuer es tatsächlich ist, das Haus in Schuss zu halten.

Ich bezahle und gehe Richtung Stortorget. An der Ecke bleibe ich vor einem Bekleidungsgeschäft stehen, das schon seit Ewigkeiten hier ist und das sich auf den Nautik-Look spezialisiert hat: Strickpullover in Blau, Weiß und Rot, zeitlose Chinos und Jeans. Halstücher und Bikinis, mittlerweile gibt es auch einen Ständer mit Unterwäsche. Teure Spitze und BHs ohne Nähte. Dreihundertneunundneunzig Kronen für einen Slip, eine Art Shorts. Spinnen die? Ich suche ein wenig in der Wühlkiste herum und finde ein schmal geschnittenes Blumenkleid mit Puffärmeln für dreihundert Kronen. Es erinnert mich an das Ballkleid, das ich in den Achtzigern trug, als Fredrik und ich uns kennenlernten. Es ist schon lange her, dass ich mich für ihn schick gemacht habe. Oder überhaupt für irgendjemanden. Ich kaufe das Kleid und nehme in letzter Sekunde noch ein Paar hautfarbene Unterhosen dazu. Wir werden schließlich einige Wochen für uns haben, Fredrik und ich. Vielleicht können wir unser Sexleben wieder etwas auffrischen, damit es nicht völlig eingeht. Schließlich bin ich erst siebenundvierzig.

Die Vögel segeln tief über die flache Landschaft. Apfelhaine und Haferfelder wechseln sich ab. Oder vielleicht ist es auch Weizen. Irgendein Getreide jedenfalls. Hier wirkt der Himmel viel weiter als zu Hause, fällt mir auf. Dabei ist es doch derselbe Himmel. Ich biege zum Gartencenter ab, um Rosendünger für Mamas Beete zu kaufen, um die sich dringend jemand kümmern muss. Von außen betrachtet ist die Rosenhecke einfach nur wunderschön. Doch kaum jemand weiß, wie viel Arbeit dahintersteckt. Genau wie bei unserem früheren Haus; da war sicher auch niemandem klar, wie aufwendig die einfache Bepflanzung aus Dahlien und Bodendeckern war, die den Fußweg zum Haus säumte. Sie musste jedes Jahr gedüngt werden, und da konnte man nicht einfach immer denselben Dünger kaufen. Die Erde braucht Abwechslung. Nach einem Jahr Hühnerdung muss man im nächsten Jahr Kuhdung verwenden.

Die Erde gewöhnt sich daran – wie an alles andere auch. Und Dünger gibt es nicht umsonst. Man bezahlt viel Geld für Scheiße, so weit ist es auf der Welt schon gekommen. Die kleinste Abwechslung erfordert riesige Anstrengungen.

Ich nehme zwei Säcke Rosendünger, wenn ich schon mal da bin, und lege auch noch ein Paar Gartenhandschuhe in den Einkaufswagen.

Jetzt muss ich nur noch Lebensmittel einkaufen und dann nach Hause fahren. Ich rufe Fredrik an, doch er nimmt nicht ab. Ich schicke ihm eine SMS. *Wie geht es dir, Schatz?* Auch hier kommt keine Reaktion, was mich etwas ärgert.

Der Lieferwagen, voll bis unters Dach mit Alis Kompetenz und Zuverlässigkeit, steht immer noch da, doch der Wagen mit den Gehilfen ist verschwunden. Auf der Wiese liegen Gerüstteile und Leitern. Es ist fast zwei Uhr nachmittags. Ich stelle das Auto unter dem Pflaumenbaum ab und lade die Einkaufstüten aus, bleibe dann jedoch vor der Haustür stehen. Ich höre die beiden lachen. Ein tiefer Bass und dann Mamas perlendes Glucksen. Heller, als ich es kenne. Leise öffne ich die Tür und betrete das Haus. Die Küche ist leer. Das Wohnzimmer auch. Das Lachen kommt aus dem kleinen verglasten Wintergarten, der bisher nie als eigener Raum verwendet wurde. Zwei Korbstühle stehen nur als Dekoration da. Doch jetzt sitzen Mama und Ali darin, und Mama wirkt, als hätte man sie bei etwas Spaßigem unterbrochen. Auf dem kleinen Mahagonitisch vor ihnen stehen eine halb leere Flasche Rosé, Gläser und eine Schale mit Oliven.

»Was macht ihr denn hier?«, frage ich überrascht und wische mir hastig den Schweiß von der Stirn.

Ich habe ganz vergessen, die Schuhe auszuziehen.

»Wir unterhalten uns«, antwortet Mama.

Ihr Dutt hat sich gelöst, die grauen Haarsträhnen locken sich um ihr Gesicht.

»Das sehe ich«, sage ich und lasse den Blick durch den Raum wandern.

Die schielende Porzellanpuppe sitzt schief auf dem Schrank. Die Sträuße mit dem vertrockneten Rainfarn haben fast alle Farbe verloren.

»Du warst lange weg.« Mama blickt auf.

»Ich war einkaufen, weil wir ja etwas zu essen brauchen«, erwidere ich angespannt. »Außerdem habe ich Rosendünger geholt. Der hat auch gefehlt.«

»Es muss schön sein, seiner Mutter helfen zu können«, sagt Ali. »Vor allem, da ihr ja ziemlich weit voneinander entfernt wohnt. Man muss dankbar für seine Eltern sein.«

Er hat die Hände auf seine breiten Knie gelegt. Die Beine hat er ganz ungeniert gespreizt.

»Hast du gesehen, dass mein blauer Scheinmohn blüht? Ali hat es entdeckt.«

Mama deutet zum Sprossenfenster. Auf der Wiese hinter dem Haus sehe ich eine himmelblaue Mohnblüte auf einem langen, haarigen Stängel.

»Vor zwei Jahren habe ich die Samen ausgesät und dachte, dass nie etwas daraus wird. Jetzt sitzen wir hier und bewundern die Blüte.«

»Ihr seid euch also wegen des Dachs einig geworden?«, frage ich. »Ich habe die Gerüstteile draußen gesehen.«

»Ach ja, das Dach! Das haben wir schon längst besprochen«, sagt Mama lachend. »Jetzt reden wir über persische Küche. Ali hat gerade erzählt, wie es war, als er vor dreißig Jahren mit seiner Familie nach Schweden kam und die Frauen in der Nachbarschaft sich über das Essen verständigt haben. Keine konnte die Sprache der anderen, also hat man sich gegenseitig Teller mit Leckereien vorbeigebracht. Und der Teller durfte nie leer zurückgegeben werden, sondern nur mit einem neuen Gericht. So hat man sich über das Essen kennengelernt, obwohl man aus verschiedenen Kulturen stammte. Ist das nicht großartig?«

»Das war eine andere Zeit damals«, sagt Ali.

»Das sollten wir hier im Ort auch mal machen«, fährt Mama fort. »Viele haben noch nie miteinander geredet, auch wenn sie schon ewig hier wohnen. Wie wenig man eigentlich über seine Mitmenschen weiß. Man kennt sich nur oberflächlich. Hast du übrigens schon mal frische Datteln gegessen?«

Sie lächelt mich an.

»Nein«, antworte ich.

»Ich bringe morgen welche mit«, verkündet Ali. »Ich baue sie selbst in meinem Gewächshaus an. Dattelpfannkuchen ist mein Lieblingsgericht. Aus Mandelmehl und Honig und Eiern. Oder Reis mit Dattelsoße. Das ist Kindheit für mich.«

Er gestikuliert mit Hand und Mund, wahrscheinlich um den kulinarischen Genuss zu verdeutlichen.

»Wie sieht denn die Terminplanung für das Dach aus?«, frage ich beherrscht.

»Morgen früh reißen wir es ab. Damit sind wir ein paar Tage beschäftigt. Dann dauert es etwa zwei Wochen, bis das frische Reet gedeckt wird. Wir kümmern uns um alles, hinterlassen alles ordentlich und sauber und entsorgen das alte Material.«

Er zwinkert Mama zu.

»Eine schöne Frau und ein schönes Haus. Das verdient ein schönes Dach.«

Ich starre ihn an. Flirtet er etwa mit ihr? Was läuft hier eigentlich?

»Soll ich mich um die Einkäufe kümmern?«, frage ich, weil Mama keine Anstalten macht, sich aus dem Korbsessel zu erheben.

»Ja, das wäre lieb. Wir haben in der Zwischenzeit ein paar Brote gegessen. Ich wollte Fredrik auch etwas vorbeibringen, aber er wollte nicht aufstehen. Er wirkt etwas angeschlagen.«

Sie trinkt einen Schluck Wein. Ich stehe immer noch im Türrahmen. Der Türstock ist niedrig, ebenso wie die Zimmerdecke. Die dunklen Balken verleihen dem Raum etwas Altmodisches, Gedämpftes.

»Brauchst du noch was, Schatz?«

Mama sieht mich fragend an.

»Nein.«

»Gut. Wir bleiben noch ein bisschen sitzen. Du weißt ja, dass ihr einen eigenen Fernseher im Gästehaus habt, nicht wahr? Die Räder sind auch fahrtüchtig, ihr müsst nur die Reifen aufpumpen.«

»Es ist wichtig, dass man sich Zeit füreinander nimmt, wenn man verheiratet ist«, sagt Ali unvermittelt. »Man darf den anderen nicht für selbstverständlich halten. Komplimente! Überraschungen!«

Widerwillig löse ich mich von der Türschwelle und packe in der Küche die Einkaufstüten aus. Die beiden amüsieren sich prächtig, und ich höre gelegentliches Gelächter und Wortfetzen. »Joghurt«, sagt Ali. »Mit Salz und Minze. Man muss ihn kalt trinken.«

»Wie interessant!«, antwortet Mama. Sobald ich alles im Kühlschrank und in der Vorratskammer verräumt habe, mache ich mich auf den Weg ins Gästehaus, um Ali und seinen verlängerten Arm zu recherchieren. Wer ist der Mann überhaupt? Kann er wirklich einen halben Tag lang bei einem Kunden sitzen und sich unterhalten?

Ich schlage die Tür extralaut zu, als ich gehe. Nur damit Mama mich nicht völlig vergisst. So ganz abwegig ist das im Moment nämlich gar nicht.

Ali heißt mit vollständigem Namen Ali Hakim Soosaneh und wohnt in einem Dorf in der Nähe von Ystad. Er ist neunundfünfzig Jahre alt und hat am siebten März Geburtstag. Das Durchschnittseinkommen in seiner Gegend liegt bei dreihundertfünfundsechzigtausend Kronen im Jahr. Unter der Adresse ist außerdem eine Frau gemeldet. Man erfährt allerdings nicht, wie sie heißt oder in welcher Beziehung sie zueinander stehen. Heutzutage ist es nicht einfach, anonym zu bleiben. Mit ein paar Mausklicks kann ich auch überprüfen, ob Ali im Strafregister aufgeführt ist. Aber das hat noch Zeit. Auf Facebook finde ich eine Firmenseite für *Dachdecker Ali. Ihr verlängerter Arm.*

Ihr Zufriedensein – meine Kompetenz lautet die Firmenbeschreibung. *Zufriedensein* ist doch aber nicht korrekt? Nach dreißig Jahren in Schweden sollte er die Sprache eigentlich besser können. *Zufriedenheit* wäre richtig. Er hat viele Bilder von Reetdächern gepostet, von Häusern im Gegenlicht, sich im

Wind neigenden Feldern, abgegriffenen Werkzeugen sowie einige Inspirationsfotos von runden Steinhäusern, die an Hobbitwohnungen erinnern. Ich nehme ein Bild in Augenschein, auf dem Ali eine Frau namens Ingegerd Stenström getaggt hat.

»Ali war hier und hat letzte Hand angelegt«, lautet die Bildunterschrift.

Ingegerd posiert glücklich lächelnd mit Ali. Ihr Gesicht ist gerötet.

»Hast du Ali kennengelernt?«, frage ich Fredrik.

Er liegt im Bett und hat »Hitlers Leben im Führerbunker« fast geschafft. Er trägt immer noch T-Shirt und Unterhose, sieht aber nicht besonders krank aus.

»Wir haben uns nur kurz gegrüßt, als ich drinnen auf der Toilette war.«

»Findest du, er wirkt vertrauenswürdig?«

»Warum denn nicht? Weil er Einwanderer ist, oder wieso?«

Fredrik sieht mich leicht amüsiert an.

»Überhaupt nicht. Ich finde das alles nur sehr merkwürdig. Am Morgen fahre ich weg, und als ich ein paar Stunden später wiederkomme, sitzen sie zusammen und trinken Wein. Findest du das nicht komisch?«

»Es ist Samstag, warum sollte das komisch sein?« Fredrik starrt wieder auf sein iPad.

»Findest du?«

Er zuckt mit den Schultern.

»Sie braucht wohl ein bisschen Gesellschaft. Es freut sie vielleicht, wenn sie mal Besuch bekommt. Sei lieber froh, dass sie sich selbst um das Dach kümmert, dann musst du das nicht tun.«

»Na ja, ich habe ihn schließlich gefunden«, rufe ich ihm in Erinnerung. »Mit wem hast du eigentlich gesprochen, als ich ins Haus kam?«

»Was?«

Fredrik sieht erschrocken auf.

»Du warst am Handy«, sage ich. »Mit wem hast du gesprochen?«

»Das war nur wegen der Arbeit.«

»Haben die Jungs angerufen?«

»Nein.«

Ich strecke automatisch die Hand nach Fredriks Handy aus, um bei den Kindern anzurufen. Fredrik legt seine Finger darauf.

»Du musst dich nicht jeden Tag bei ihnen melden. Sie wollen bestimmt auch mal ihre Ruhe. Du warst übrigens ganz schön lange weg. Was hast du gemacht?«

Fredrik schiebt sich eine Halstablette in den Mund.

»Zu Mittag gegessen. Den Prospekt für diese Seniorenwohnanlage genau gelesen. Scheint gut zu sein.«

»Aber sie will ja nicht«, sagt Fredrik.

»Noch nicht«, entgegne ich. »Wir können nicht einfach so aufgeben. Du bist doch Verkäufer, hast du das vergessen? Wenn Mama das Haus verkauft, könnten wir uns etwas Geld leihen und uns ein richtiges Boot zulegen. Eines, das seetüchtig ist, mit Sonnendeck. Auf dem man auch übernachten kann, dann könnten wir im Schärengarten segeln.«

Fredrik wirft mir einen finsteren Blick zu. Auf dem iPad hämmert Eva Braun gegen eine Wand.

»Wenn ich im Sommer dafür Zeit gehabt hätte, hätte es im Juli im Wasser gelegen«, erwidert er.

»Jaja, aber wenn wir ein vernünftiges Boot kaufen, teilen wir ja gewissermaßen Hugos Interesse«, fahre ich beruhigend fort, »und können Henrik auch auf den Geschmack bringen, damit er nicht nur in der Stadt herumhängt. Außerdem sparen wir auf lange Sicht Geld. Wir müssen im Sommer nicht ins Ausland reisen.«

Fredrik legt sich verärgert das Kissen unter dem Kopf zurecht. Sein Gesicht ist kränklich gelb und aufgedunsen. Nächstes Jahr wird er fünfzig. Der kleine Bauch, den er ansetzt, stört mich nicht, die Passivität allerdings schon. Dass er so oft müde und antriebslos ist. Aber sich zu beschweren, ist natürlich sinnlos, man kann nur mit gutem Beispiel vorangehen. Vielleicht hat Mama recht, er sieht etwas ausgezehrt aus. Vielleicht hatte er im Frühjahr zu viel Stress in der Arbeit, er kommt oft erst spätabends heim. Und dann ist er so müde, dass er nicht einmal mehr reden mag.

»Ich habe übrigens etwas in der Stadt gekauft«, sage ich. »Eine Überraschung. Willst du sie sehen?«

»Was ist es denn?«

Fredrik sieht misstrauisch aus zusammengekniffenen Augen zu mir.

»Einen Moment.« Ich gehe mit der Tüte in das kleine Badezimmer.

Dort hat Mama einen Ganzkörperspiegel mit Goldrahmen aufgehängt. Ich mache Licht und betrachte mich. Meine Haare sind immer noch so blond wie in meiner Jugend, ohne graue Strähnen. Das Alter macht sich vor allem im Gesicht bemerkbar, wo die Haut schlaffer wird und plötzlich kleine Polster unter den Mundwinkeln sichtbar werden. Die Falten am Hals. Die Augenlider. Man muss dem Altern mit Würde begegnen. Eine Brille hilft dabei. Sonnenbräune ebenso. Beides kaschiert und verleiht gleichzeitig Würde. Ich ziehe mir das Kleid über. Fröhliche rote und blaue Blumen auf weißem Grund. Etwas stramm am Hintern. Rechteckiger Ausschnitt. Ich binde die Haare zu einem hohen Pferdeschwanz. In den Achtzigern hätte ich sie ein wenig toupiert und den Pony festgesprüht. Jetzt streiche ich ihn nur mit den Händen glatt.

»Ta-da!«

Ich öffne die Tür, stemme die Hände in die Hüften und verziehe verführerisch den Mund.

Fredrik ist sprachlos.

»Du hast dir ein Kleid gekauft? Wie viel hat es gekostet?«

»War ein Sonderangebot«, verteidige ich mich.

»Wir waren uns doch einig, was Spontankäufe betrifft. Wir konnten ja kaum die Zugtickets hierher bezahlen.«

»Und was soll ich deiner Meinung nach jetzt tun?«

»Bring es zurück! Verdammt.«

Er legt verärgert den Unterarm über die Stirn.

»Kannst du nicht einfach damit aufhören, ständig irgendwas zu kaufen?«

»Ach, hör doch selbst auf«, erwidere ich. »Warum liegst du überhaupt den ganzen Tag lang im Bett? Du wirkst gar nicht krank. Der Zaun muss gestrichen werden. Das wolltest du doch machen. Und den Gefrierschrank und den anderen Sperrmüll zum Wertstoffhof fahren.«

»Das weiß ich.«

Er sieht ausdruckslos auf sein iPad. Ich setze mich

seufzend auf den Bettrand und suche nach der richtigen Strategie. Die nicht von alten Streitigkeiten und immer wiederkehrenden Diskussionen belastet ist. Und sei es nur, dass man sich manchmal selbst überraschen muss, um nicht vor Langeweile unterzugehen. Zögernd strecke ich die Hand aus und lege sie auf Fredriks Bauch, streiche leicht über die Decke.

»Ich habe seit zwei Tagen nicht geduscht.«

Er nimmt meine Hand, legt sie neben sich und tätschelt sie, was gleichzeitig abweisend und tröstend wirkt. Sein Gesicht ist mir so vertraut. Die Sommersprossen. Die Augenbrauen. Die Nasenflügel und ihre kaum merklichen Zuckungen. Sogar die Zähne. Die Zunge.

»Ich werde morgen noch mal mit Mama reden«, sage ich und lege mich neben Fredrik auf das Bett.

Ich trage immer noch meine alte ausgewaschene Unterhose. Es wäre sinnlos, jetzt die neu gekaufte anzuziehen. Vielleicht können wir einfach eine Weile nebeneinanderliegen.

»Ich hatte fast den Eindruck, dass er mit ihr geflirtet hat«, sage ich. »Ali, meine ich. Als ob er auf sie stehen würde.«

»Ach was.«

Fredrik dreht den Kopf.

»Doch. Ist das so unrealistisch? Nur weil er um einiges jünger ist als sie?«

»Nein, nicht deshalb. Es wirkt einfach unprofessionell.«

»O ja! Aber er ist sicher gut in seinem Job. Er soll schließlich der Beste sein.«

Ich hole ein Kreuzworträtsel aus der Handtasche. Ich mag Kreuzworträtsel. Mir gefällt, wenn Sachen aufgehen, sich klären. Man weiß, wie alles zusammenpasst.

Erweiterte Telefonfunktion mit fünf Buchstaben. Komische Frage. *Kultivieren,* also anbauen. *Manchego,* das ist ein Käse. *Blauäugig.* Das ist immer naiv, egal, wie schwer das Kreuzworträtsel ansonsten ist. *Würzt persisches Huhn.* Sieben Buchstaben. Keine Ahnung. Vielleicht sollte ich Ali fragen.

Eine Schmeißfliege surrt träge gegen das Fenster. Fredrik hat definitiv mit jemandem gesprochen, als ich zurückkam. Es ist Samstag. Warum sollte er am Wochenende mit der Arbeit telefonieren? Warum will er mir nicht erzählen, wer es war?

In der Nacht wache ich auf und muss pinkeln. Ich will nicht auf die Toilette gehen, weil der Spülkasten so lange braucht, bis er wieder vollgelaufen ist, und das ist laut. Gar nicht spülen geht aber auch nicht, dann riecht es nach Urin. Also öffne ich vorsichtig die Tür und tappe in das hohe Gras hinaus. Der nächtliche Sommerhimmel ist violett. Ich kauere mich hinter den Pflaumenbaum. Gegen Zecken bin ich immer noch nicht geimpft.

Ich muss es darauf ankommen lassen.

An der Mülltonne liegen nicht gerade wenige gefüllte Müllsäcke. Daneben steht der Gefrierschrank, dessen Aggregat sich in der Dunkelheit abzeichnet.

Es riecht schwach nach Meer und ist völlig still, bis auf den Urin, der ins Gras plätschert.

Erst als ich zurück zum Gästehaus gehe, fällt mir auf, dass Alis Lieferwagen immer noch auf dem Hof steht. Die Aufschrift auf der Seite leuchtet in der Nacht.

Doch im Wohnhaus brennt kein Licht.

3

Es ist neun Uhr morgens. Ali und seine Gehilfen arbeiten bereits auf dem Dach. Pfosten und Gerüste sind aufgebaut. Die beiden jungen Männer von gestern sind vollauf damit beschäftigt, das alte Dach abzudecken. Wo das Reet weggenommen wurde, sieht man die Dachlatten, wie ein plötzlich freigelegtes Skelett. Auf dem Boden liegen überall Halme verstreut. Ali arbeitet mit nacktem Oberkörper. Er ist kompakt wie ein Boxer und strahlt eine Art Männlichkeit aus, von der die männliche Seite unserer Familie weit entfernt ist. Der Bauch hängt ein wenig, wirkt aber immer noch straff. Widerwillig betrachte ich ihn. Er ist braun gebrannt und bewegt sich geschmeidig. Etwas Stroh hat sich in seinen Haaren verfangen und klebt an seinem Rücken. Der Anblick bereitet mir leichtes Unbehagen. Es wirkt so primitiv.

Mama tritt mit zwei Tassen Kaffee in den Händen neben mich. Sie trägt ein gelbes Kleid, das ich noch nie gesehen habe. Ihr Mund sieht verdächtig aus, als hätte sie Lipgloss aufgetragen.

»Bitte sehr.«

Sie reicht mir eine Tasse.

»Wie geht es Fredrik?«

»Besser. Wie alt ist das jetzige Reetdach eigentlich?«

»Das Dach war schon so, als Papa und ich das Haus gekauft haben. Also bestimmt über fünfzig Jahre. Doch heute deckt man es immer noch so. Lage um Lage, damit alles dicht hält. Das hat mir Ali gestern erklärt.«

Mama trinkt einen Schluck Kaffee und folgt Ali mit dem Blick. Er ist jetzt oben auf dem Dachfirst. Ein irgendwie bizarrer Anblick, er mit seinen langen Haaren vor dem leuchtend blauen Himmel.

»Er ist ursprünglich Schreiner, hat dann aber eine Umschulung gemacht, als er hierherkam«, erzählt Mama. »Jetzt ist er einer der besten Reetdachdecker im Land. Er sagt, dass man das richtige Gefühl in den

Händen haben muss, genau wie beim Kochen. Man muss ein Gespür für die Proportionen haben.«

»Hat er Familie hier? Frau, Kinder?«, frage ich.

»Er ist seit vielen Jahren schon geschieden und hat drei erwachsene Töchter. Die haben einen Feministen aus ihm gemacht, sagt er.«

Mama blinzelt fromm.

»Seine Haare auf dem Rücken sind abstoßend«, sage ich.

»Dann bleibt das Stroh wenigstens hängen. Sonst juckt es bestimmt ganz furchtbar.«

Mama trinkt einen Schluck Kaffee und lässt dabei das Dach nicht aus den Augen. Ein Bündel Reet fliegt nach unten und landet in der Nähe des Schuppens.

»Was war eigentlich heute Nacht? Ich habe heute Morgen gesehen, dass sein Auto noch dastand«, frage ich.

»Es ist ein bisschen spät geworden, und er konnte nach dem Wein nicht mehr fahren.«

»Und wo hat er geschlafen?«

»In Papas Bett«, antwortet Mama nonchalant.

»In Papas Bett?«

Ich starre sie schockiert an.

»Genau, das steht ja jetzt im Nähzimmer.«

Sie windet sich. Die Vorstellung von Ali im Bett meines Vaters macht mich sprachlos und aus irgendeinem Grund auch wütend. Jetzt hat also nicht mehr Papa als Letzter in dem Bett geschlafen, sondern Ali! Der wie aus dem Nichts plötzlich auf der Bildfläche aufgetaucht ist, mit seinem Reet und seinem haarigen Rücken. Seinen Geschichten. Seinem Lächeln.

»Ich konnte ja schlecht von ihm verlangen, dass er nachts noch sechzig Kilometer nach Hause fährt, das verstehst du sicher«, sagt Mama irritiert. »Er ist wirklich sehr gefragt. Wir können froh sein, dass er den Auftrag überhaupt angenommen hat.«

Sie wendet sich abrupt ab und geht in den Schatten zur Hollywoodschaukel, die auf einer kleinen Insel aus gemähtem Gras steht und von der man das Grundstück und das Haus gut im Blick hat. Mama setzt sich hinein. Ich spüre einen leichten Druck auf der Brust, gehe aber schließlich hinüber und setze mich neben sie. Schweigend schaukeln wir eine Weile.

»Er hat gesagt, ich sei so rein«, erzählt Mama und lacht. »Rein! Ich bin doch keine Toilette!«

Ich werfe ihr einen Blick aus dem Augenwinkel zu.

»Wer hat das gesagt?«

»Ali natürlich! Früher hat niemand so etwas gesagt.«

Sie stemmt die Fersen in den Boden und schiebt die Schaukel an, sodass die Scharniere knarzen.

»Was hat man denn früher gesagt?«, frage ich widerwillig.

»Tja, vielleicht, dass man reizend war. Hübsch. Aber es ist lange her, dass ich ein solches Kompliment zu hören bekommen habe. Das war ja nicht gerade die starke Seite deines Vaters.«

Mamas Stimme ist neutral.

»Wie bitte? Ich dachte, Papa hätte dir ständig Komplimente gemacht«, sage ich.

»In den letzten vierzig Jahren nicht. Am Anfang natürlich schon.«

»In den letzten vierzig Jahren nicht?«

Ich sehe sie überrascht an.

»Warum wiederholst du alles, was ich sage? Hörst du schlechter?«

Wieder gibt sie der Schaukel mit den Fersen Schwung. Das graue Haar glänzt in der Sonne. Ich weiß noch, wie Mamas Haare blond waren. Und eine Zeitlang lila gegen Ende der Siebziger. Auf dem Land war das unerhört progressiv und mutig und kam ganz offensichtlich aus ihrer Studentenzeit. Ich erinnere mich noch an die Jahre, in denen Mamas Haare braun waren. Braun und glatt, wie eine Pferdemähne. Und jetzt habe ich auch all die Jahre im Kopf, in denen Mamas Haare grau waren – denn es werden immer mehr. Mama und Papa. Das stattliche Paar. Mein Ideal. Ein romantischer Volltreffer.

»Gefällt er dir?«, frage ich sie plötzlich.

»Tjaaaa.«

Sie zieht das Wort in die Länge.

»Er sieht schon nett aus, nicht wahr? Und er hat noch so volles Haar.«

Sie dreht die leere Kaffeetasse in der Hand und sieht hinein, als wäre sie die Kugel einer Wahrsagerin.

»Er hat hübsche Augen. Sie glitzern irgendwie«, fährt sie fort.

»Sie glitzern?«, frage ich verwundert.

»Jetzt wiederholst du schon wieder alles.«

Sie seufzt.

»Ach, ich weiß auch nicht, meine kleine Filippa. So genau habe ich mir seine Augen nicht angesehen. Aber gestern Abend kam es mir so vor, als ob sie glitzern. Ist das wichtig?«

Sie verzieht den Mund, presst verlegen die Lippen aufeinander. Das habe ich schon bei verkniffenen Patienten gesehen, die den Mund nicht weit aufmachen wollen, weil sie Angst haben, wie sie aussehen, wenn die Lippen fest an den Zähnen anliegen oder sie einen Belag auf der Zunge übersehen haben.

Mama spricht mit leiser Stimme weiter.

»Er hat mich wahrgenommen. Er ist jemand, der Frauen sieht, egal, wie alt sie sind oder womit sie sich beschäftigen. Ich möchte wetten, dass er jede Kassiererin grüßt und etwas Nettes zu ihr sagt. Das ist selten. Sieh ihn dir doch nur an! Er bewegt sich wie ein Teenager.«

Sie nickt zum Hausdach. Ich weiß nicht, was ich sagen soll. Ich fächele mir ein wenig Luft mit der Hand zu und wische den Schweiß fort, der sich auf der Oberlippe gebildet hat.

»Fredrik wird heute den Sperrmüll zum Wertstoffhof fahren«, sage ich. »Du und ich könnten uns ja währenddessen ein wenig über die Seniorenwohnanlage unterhalten.«

Ich räuspere mich.

»Trotz allem ist es vielleicht gar keine so schlechte Idee. Wir könnten sie uns ja mal ansehen.«

»Nicht jetzt, Filippa. Ist dir nicht klar, dass ich hiermit gerade vollauf beschäftigt bin und das alles richtig genieße?«

Mama steht abrupt auf.

»Du könntest dich auch ein wenig nützlich machen. Wie gesagt, der Zaun muss gestrichen werden. Und die Fenster gekittet.«

Sie dreht sich um und stapft zum Haus. Sie läuft

kraftvoller als gestern. Ich habe Ali hergeholt. Ich habe alles organisiert und geplant. Mama hat mich gebeten zu kommen. Und jetzt bin ich ganz offensichtlich im Weg.

Der Schuppen quillt über vor Feuerholz, Stöcken, Ästen und Brettern von Papas aufgegebenen Schreinerprojekten. Ein halb fertiggestellter Nistkasten. Eine abstrakte Skulptur aus Treibholz. Zwischen den Nägeln und Muttern verbergen sich auch einige Gegenstände, die man nicht näher zuordnen kann. Einige Klötze aus Plastik mit Löchern darin. Metallscheiben. Kettenteile. Dann einige Regalbretter, beladen mit Lampenschirmen, rostigen Hufeisen, einem Kescher mit Bambusgriff. Ein Wanderpokal von einem Tennisturnier. Autowaschmittel. Stahldraht. Ein Vorhängeschloss. Wieder Nägel und Blaukorn und eine Rolle Rattan. Ein Windspiel mit geschnitzten Holzfiguren, eine Frau und ein Mann. In dem Chaos finde ich sogar einen Rasierspiegel und einen Terminkalender in einem bestickten Bastumschlag. Ich nehme ein weißes Tastentelefon und drehe es hin und her. Ein Relikt. Wissen meine Kinder noch, was das ist? Wie viel sollte man von einem verstorbenen Elternteil aufheben? Warum stelle ich mir die Frage überhaupt? Sentimentaler Quatsch. Gefühlsmist. Ich hole eine Tüte Samen aus einer Plastikschublade. *Sommerblumen, gemischt.* Schließlich finde ich, wonach ich eigentlich suche. Pinsel. Sie sind neu, das Preisetikett klebt noch darauf. Papa muss sie kurz vor seinem Tod gekauft haben. Wollte wohl noch streichen. Ich reiße die Packung auf und nehme noch eine Dose Falunrot, dann gehe ich zum Zaun an der Straße. Streichen hat etwas Meditatives. Eine Farbe. Pinselstriche nach oben, nach unten. Komplizierter wird es nicht. Es macht den Kopf frei, bündelt die Gedanken. Papa hat den Zaun gebaut, fast ohne Hilfe. Einmal versuchte er auch, die Fenster zu kitten, aber ich habe noch seinen mürrischen Kommentar im Ohr: »Kitt ist der letzte Mist.«

Die Rahmen splittern leicht, wenn man versucht, die alte Schicht wegzukratzen. Ich mit meinen kleineren Fingern sollte ihm helfen. Vermisst meine Mutter ihn gar nicht? Wie kann sie überhaupt dasitzen und mir etwas von den Augen des Dachdeckers erzählen? Als ob es Papa gar nicht gegeben hätte. Das ist kleinlich von mir, aber ich bin trotzdem schockiert. Sieht sie das Ganze hier als Chance, mit jemand anderem noch einmal ganz neu anzufangen? Der Gedanke kommt mir jetzt erst.

Während ich mich den Zaun entlangarbeite, fährt Fredrik zum Wertstoffhof. Er bleibt lange weg. Die

Fahrt dorthin dauert höchstens eine Viertelstunde, aber jetzt sind schon anderthalb Stunden vergangen. Natürlich dauert es seine Zeit, alles zu sortieren und in die richtigen Container zu entsorgen. Aber trotzdem. Was macht er bloß so lange? Ich habe ihn angerufen, doch es war besetzt. Ich versuche, an etwas anderes zu denken, jeden Zaunpfahl mit gleich vielen Farbschichten zu streichen, so effektiv wie möglich. Die Sonne brennt mir in den Nacken. Es ist heiß und windstill, das ist selten.

Als ich fertig bin, ziehe ich die Arbeitskleidung mit den Farbklecksen im Gästehaus aus, während ich durch das Fenster spähe. Mama hat einen Kuchen gebacken. Das hat sie schon lange nicht mehr gemacht. Ich sehe, wie sie den Tisch in der Laube mit Tellern, Tassen und Servietten für vier Personen deckt. Sie stellt eine lange, schlanke Vase mit einer Mohnblüte dazu. Spannt den Sonnenschirm auf. Ruft nach Ali. Sie trägt einen Strohhut.

Ich sehe, wie Ali sich mit seinem muskulösen Körper in einem Stuhl niederlässt. Adern schlängeln sich wie Würmer über seine Unterarme. Wenigstens hat er sich ein kurzärmeliges Hemd übergezogen.

Sie reden gedämpft miteinander, als würden sie sich schon lange kennen. Wie können sie auf einmal so vertraut miteinander umgehen? Wie schnell lernt man jemanden richtig kennen? Konnte Mama das schon immer, so schnell eine Verbindung zu anderen aufbauen? Darüber habe ich noch nie nachgedacht. Wieder rufe ich Fredrik an. Ich habe schon rote Stressflecken am Hals, aber es ist immer noch besetzt. Dann gehe ich nach draußen und setze mich zu den beiden.

Mama schenkt Kaffee ein und schneidet den Kuchen an. Eine Art Zuckerkuchen mit frischen halbierten Datteln.

»Vielen Dank, Ali, für die Datteln«, sagt Mama.

»Du kannst die Kerne einpflanzen«, erwidert er. »Sie halten Frost bis zu minus zwölf Grad aus. In einem Gewächshaus und mit sorgfältiger Pflege wachsen sie gut.«

Er verschränkt die Hände auf der Tischplatte.

»Drei Datteln am Tag schützen vor Herzerkrankungen«, erklärt er und nickt. »Viel Vitamin A. Gut für die Augen und das Zahnfleisch. Gut für Schwangere. Gut für alles. Ich habe meinen eigenen Tropenwald angebaut. Ich züchte Kakteen und Bananen im Gewächshaus. Schau es dir doch mal an.«

Er lächelt Mama an. Mich ignoriert er.

Ich nehme einen Bissen von dem Kuchen. Er schmeckt ganz gut. Die Datteln sind gebacken und innen dadurch weich, aber nicht matschig.

»Als Saddam über den Irak herrschte, sperrte er die Wasserversorgung in den Teilen des Landes, in denen sich seine Gegner aufhielten«, erzählt Ali. »Dabei sind viele Dattelpalmen eingegangen. Die Stämme der überlebenden Bäume sind an einer Stelle immer noch dünner, wegen der Mangeljahre. Könnt ihr euch vorstellen, dass die Strände meiner Heimat in den Siebzigern von einem zweihundert Kilometer langen Dattelwald gesäumt waren? Jetzt sind achtzig Prozent des Waldes tot. Der Krieg hat nicht nur die Menschen umgebracht, auch die Natur und die Landwirtschaft. Aber diese hier hat Saddam überlebt.« Er hält eine halbe Dattel in die Höhe. »Den Kern habe ich vor langer Zeit mitgebracht.« Er schiebt sich die Frucht in den Mund und lächelt breit.

»Viele schaffen es auch ohne Krieg, die Natur zu zerstören«, sagt Mama.

Ihre Augen glänzen verdächtig. Weint sie? Die Pupillen haben sich bei Alis Geschichte erweitert. Sie war schon immer naiv und leicht zu bewegen. Sie glaubt von allen nur Gutes. Lieber lebt sie so, mit utopischen Fantasien. Plötzlich bin ich wütend.

»Wie lange betreiben Sie Ihre Firma schon?«, frage ich.

»Fünfzehn Jahre. Und immer ausgebucht. Eigentlich habe ich eine zweijährige Warteliste, aber für Ihre Mutter habe ich eine Ausnahme gemacht. Wenn der Verein anruft, habe ich Zeit.«

Ali schiebt sich ein Stück Kuchen in den Mund.

»Darf man fragen, warum dieser Verein so speziell ist?«

Ali streicht sich nachdenklich über den Bart.

»Nicht mehr viele kümmern sich noch um das alte Handwerk, die alten Techniken, die die meisten schon vergessen haben. Und die Mitglieder sind ... wahre Enthusiasten. Und Sie? Womit verdienen Sie Ihren Lebensunterhalt?«

»Ich bin Zahntechnikerin«, antworte ich und wische mir diskret ein paar Krümel aus dem Mundwinkel.

»Ah! Ein guter Beruf! Wird immer gebraucht. Zähne haben die Menschen immer.«

»Zähne haben die Menschen immer«, bestätige ich.

»Ich komme aus einem Dorf, in dem es nur einen Zahnarzt gab. Sobald jemand Probleme mit den Zähnen bekam, hat er ihm ein Gebiss angefertigt, dafür aber immer denselben Abdruck verwendet. Ursprünglich war es das Gebiss seines Bruders, weshalb alle Alten im Dorf dann mit den Zähnen seines Bruders herumliefen. Alle hatten das gleiche Lächeln!

Die gleichen Zähne! Sobald jemand den Mund öffnete, sah man es.«

Ali lacht. Mama lacht auch laut und herzlich. Ein bisschen übertriebener als vielleicht notwendig, finde ich.

»Was für eine schöne Geschichte.«

Sie wischt sich eine Lachträne aus dem Augenwinkel.

»Das klingt unseriös«, sage ich trocken. »Zähne unnötig zu ziehen.«

»Manchmal ist es die beste Lösung. Keine Probleme mehr. Raus mit der Wurzel.«

Ali nickt überzeugt.

»Der Zahnarzt hatte übrigens dieselben Zähne, er hatte sie zuerst. Noch vor seinem Bruder. Er war, wie sagt man? Sein eigenes Versuchskaninchen.«

Ali trinkt seinen Kaffee mit abgespreiztem Zeigefinger. Mir sind die drei Zuckerwürfel aufgefallen, die er hineingegeben hat. Es überrascht mich, dass er so gute Zähne hat. Vielleicht sind sie auch künstlich. Was für Lügengeschichten.

»Wann transportieren Sie das alte Reet ab?«, frage ich.

»Wenn wir alles abgedeckt haben. Aber wir legen heute Abend eine Plane darüber, damit nicht alles weggeweht wird. Keine Angst. Wir sind sehr sorgfältig. Machen alles gründlich. Wo ist eigentlich Ihr Mann?«

»Er ist zum Wertstoffhof gefahren, um einige Sachen zu entsorgen«, antworte ich.

»War das nicht schon vor einer ganzen Weile? Ist ihm etwas passiert? Oder gönnt er sich nur eine Auszeit und hat ein bisschen Spaß?«

Ali lacht, dass sein Bauch unter dem Hemd wackelt. Ich würdige ihn keiner Antwort und werfe ihm nur einen abschätzigen Blick zu.

Er legt die Unterarme auf den Tisch und beugt sich vertraulich vor.

»Wie lange sind Sie schon verheiratet, Sie und Ihr Mann?«

»Einundzwanzig Jahre.«

Meine Stimme ist rau wie Schleifpapier.

»Das ist lang. Sehr lang. Es ist schwer, verheiratet zu sein.«

Ali wirkt nachdenklich.

»Der Fisch ist frisch, wenn man ihn fängt«, fügt er kryptisch hinzu.

»Was meinen Sie damit?« Ich drehe den Kopf in seine Richtung.

»Das ist ein persisches Sprichwort. Am Anfang ist alles gut. Dann … muss man andere Maßnahmen ergreifen, um den Fisch zu konservieren, wenn Sie verstehen, was ich meine.«

»Was für Maßnahmen?«

»Verführung. Aufmerksamkeit. Man muss backen, solange der Ofen noch warm ist. Alle Chancen nutzen. Nicht faul sein.«

Ich versuche, Blickkontakt mit Mama aufzunehmen, aber sie hat nur Augen für Ali. Die Falten in ihren Augenwinkeln stehen ihr. Vielleicht weil sie nicht versucht, jung auszusehen. Sie war in jeder Lebensphase mit ihrem Aussehen zufrieden.

»Sie klingen wie ein Beziehungsratgeber«, sage ich. »Sind Sie sicher, dass Sie Dachdecker sind?«

»Man kann doch beides sein?«, erwidert Ali. »Ich habe langjährige Erfahrung.«

Er kehrt die Handflächen nach außen.

»Aber ich werde nie wieder mit einer Frau zusammenwohnen. Nicht im selben Haus. Das bringt nur unnötige Probleme mit sich.«

Er schenkt mir Kaffee nach.

»Wenn das Dach zu hoch ist, fällt man tief und schmerzhaft«, fügt er hinzu.

Mama nickt, als wäre ihr vollkommen klar, was er meint.

»Was bedeutet das?«, erkundige ich mich.

»Man sollte keine zu großen Fallstricke in die Beziehung einbauen. Hohe Erwartungen sind gleich einem tiefen Fall. Man sollte besser keine Ansprüche stellen. Alles nehmen, wie es kommt.«

Er nimmt sich noch ein Stück Kuchen.

»Es gibt zu viele vorgefasste Meinungen, das macht die Menschen nur unglücklich. Menschen, die sich unter niedrigen Dächern verbarrikadiert haben. Ich bin ein freier Mann. Mache, was ich will. Keiner bestimmt über mich.«

Er schnippt feierlich ein paar Krümel vom Hemd und faltet die Hände.

»Ein Kuchen reicht für viele, wenn man ihn teilt. Geiz ist keine … Wie heißt das? Naturkraft? Ja? Man entscheidet sich dafür. Ich will offen sein für alle Liebe im Universum, will geben und bekommen. Mit der Liebe darf man nicht geizig sein.«

»Das klingt großmütig«, sagt Mama.

»Das ist nur meine einfache Schlussfolgerung.«

Ali zuckt bescheiden mit den Schultern.

»Ich war einmal verheiratet, aber dann ging es nicht mehr. Warum sollte ich es also noch einmal tun? Man darf sich nicht zweimal an derselben Stelle beißen lassen. Sonst ist man dumm. Man muss dem Leben folgen, dem Wind.«

Er wedelt mit den Händen.

»Ich glaube an die Anziehung. Das kann man

nicht lernen. Entweder ist sie da oder nicht. Es ist egal, was man entschieden hat. Versprochen hat.«

Er wirft einen Blick auf meinen Ringfinger. Mein Ehering ist aus Weißgold mit zwei eingefassten Diamanten. Einen für mich, einen für Fredrik. Er war teuer, von einem Goldschmied in der Stockholmer Altstadt extra für uns angefertigt. Er ist mein liebster Besitz.

»Danke für den köstlichen Kuchen, den leckeren Kaffee und die angenehme Gesellschaft.«

Ali steht auf und legt Mama die Hand auf die Schulter.

»Ich gehe mal wieder aufs Dach. Bleibt ihr doch noch sitzen und genießt die Ruhe. Es ist so ein schöner Tag.«

Er lächelt und verschwindet durch den Eingang zur Laube.

»Himmel, kann der Mann schwafeln«, sage ich. »Was für ein Casanova.«

»Er ist jedenfalls ehrlich.«

Mama zuckt mit der Schulter.

»Brigitte hat gesagt, er wäre ein frischer Wind. Der Verein beschäftigt nur Männer, mit denen man sich anregend unterhalten kann. Das ist eine der Voraussetzungen. Da die Mitglieder alle Witwen sind, ist es wichtig, dass man ein Gespräch mit den Handwerkern führen kann. Sonst hat man vielleicht nicht so viele Kontakte im Alltag. Das finde ich ein gutes Prinzip. Umsichtig. Vor allem, wenn man wie wir alle so abgeschieden wohnt.«

Mama legt vorsichtig den Handrücken an den Hals.

»Wenn es nicht so lächerlich klingen würde, könnte man Brigitte fast einen Renaissancemenschen nennen.«

»Einen Renaissancemenschen? Warum?«

»Hör auf, alles nachzuplappern, Liebling. Du musst deine eigenen Worte und Sätze finden.«

Mama trinkt ihre Tasse aus und steht auf.

»Ich bin nämlich auch gerade dabei, eine eigene Sprache zu entwickeln, verstehst du? Es ist wirklich höchste Zeit dafür, wenn ich so darüber nachdenke.«

Sie geht zum Haus, lässt das Geschirr allerdings stehen.

Auf den Fotos in ihren Alben ist entweder Mama oder Papa zu sehen. Einer von beiden musste wohl immer die Kamera halten, während der andere vor einer Sehenswürdigkeit posierte. *Ich war hier. Wir waren hier!*, sagen die Bilder. Selbst wenn es wie in Holland in Strömen regnete und alles überflutet war, sodass man kaum den Fluss vom Himmel unterscheiden konnte. Aber wir haben ein Foto. Einen Beweis. Mama hat auf jedem Bild denselben Gesichtsausdruck, egal, ob sie vor der Berliner Mauer steht oder auf dem Eiffelturm. Sie strahlt milden Stolz aus. Manchmal wirkt ihr Blick ganz leicht verärgert. Als habe Papa ihr zu viele Anweisungen gegeben, wie sie stehen soll. Sie hätten gern mehr Kinder gehabt, aber mich zu bekommen, war schon nicht einfach gewesen. Sie waren dankbar, dass sie wenigstens mich hatten. Ich habe die Fotoalben in einer Tüte auf dem Dachboden gefunden; zum Glück haben sie durch das Loch im Dach keinen Schaden davongetragen.

Die Bilder liegen unter selbstklebender Plastikfolie, die allerdings nicht mehr richtig klebt, verknickt ist und wie Zellophan knistert. Doch die Fotos halten. Vielleicht weil auf der Rückseite noch etwas Kleber vorhanden ist. Vielleicht aus alter Gewohnheit.

Ich mag alte Gewohnheiten, Kontinuität. Was meint Ali eigentlich damit, dass normale Beziehungen die Menschen unglücklich machen? Niedrige Dächer? Was ist diese Freiheit, von der er gesprochen hat? Zu schlafen, mit wem man will? Sich vom Wind treiben zu lassen, oder wie albern er das formuliert hat. Ich glaube kein Wort davon. Ich kann mir nichts Unangenehmeres vorstellen, als nicht zu wissen, woran man bei dem anderen ist. Als jeden Tag seinen plötzlichen Launen zu folgen. Ich mag die Vorstellung, zu jemandem zu halten, weil man es versprochen hat. Das ist das Gegenteil von Chaos. Zivilisation. Das *muss* doch einfach gut sein. Der Mensch hat die Aufgabe, Ordnung zu schaffen. Rituale, Routinen, Bräuche, Traditionen. Wie Weihnachten. Oder die Ehe. Das bringt eine Ordnung ins Leben, die wir meiner Meinung nach brauchen, um von der sogenannten Freiheit nicht völlig in den Wahnsinn getrieben zu werden. Freiheit heißt zu begreifen, dass uns die vollständige Freiheit überfordert.

Ist es Geiz, wenn man einen Menschen ganz für sich haben möchte? Spinnt dieser Ali eigentlich? Er scheint seine Gefühle überhaupt nicht im Griff zu haben. Das ist schon mal völlig klar. Und überheblich ist er, arrogant. Wie viele Kuchenstücke hat er genommen? Drei? Das nenne ich geizig. Monogam geradezu. Er wollte den Kuchen für sich haben. Wollte nicht teilen.

Wut steigt in mir auf. Sobald das neue Dach fertig ist, verschwindet der Mann. Dann gibt es keine Mittagessen oder Kuchenteller mehr für den Casanova mit Pferdeschwanz. Mit etwas Gewalt ziehe ich ein Foto aus dem Album, das einzige, auf dem Mama und Papa gemeinsam zu sehen sind. Es wurde in

Kopenhagen aufgenommen, vor einem der schönen alten Häuser am Nyhavn. Aus irgendeinem Grund sehe ich es jetzt zum ersten Mal. Die beiden sind jung. Mama wirkt unsicher in ihrem doppelreihig geknöpften Dufflecoat. Ich werde es einrahmen. Es als Erinnerung behalten. Als etwas Beständiges, auf dem der Blick ruhen kann, wenn alles andere sich offenbar verändern muss, um noch mithalten zu können. Plötzlich will ich auch verreisen, mit Fredrik, übers Wochenende. Die Bilder vom Handy richtig auf Papier entwickeln lassen, Arm in Arm irgendwo stehen und verewigt werden. *Wir waren hier! Wir waren zusammen!* Ich will diese Bindung aufrechterhalten, mit allen zur Verfügung stehenden Mitteln. Ringe, Hauskauf, Fotos, Kinder, Segelboote, Drohungen.

Koste es, was es wolle.

Aber Fredrik ist jetzt schon drei Stunden weg. Auf einem Wertstoffhof, zu dem man nur ein paar Minuten fährt.

Um vier Uhr nachmittags kommt er endlich zurück. Der Anhänger ist leer. Die Säcke mit Eichenlaub, Brettern und Zweigen sind weg. Genauso wie der Gefrierschrank und die rostigen Blechtonnen. Vielleicht hat es doch so lange gedauert, das alles abzuladen und zu entsorgen? Vielleicht hat er auf dem

Weg einen alten Bekannten getroffen? Vielleicht hat er getankt und an der Tankstelle noch einen Burger gegessen? Das helle T-Shirt ist am Rücken schweißnass. Durch das Fenster sehe ich, wie er den Anhänger abkoppelt und ihn in den Schatten zieht, wo er die Seile zusammenrollt. Warum sind Menschen eigentlich am attraktivsten, wenn sie sich nicht bewusst sind, dass sie beobachtet werden? Eigentlich sollte es doch andersherum sein. Dass die Anstrengung, jemandem gefallen zu wollen, den Ausschlag gibt. Aber nein. So einfach ist es nicht. Die Anziehung bevorzugt das Unverstellte. Die Anziehung passt die Gelegenheit ab, wenn das Objekt nicht auf der Hut ist. Die Anziehung bahnt sich immer einen Weg.

Ob Fredrik mich je beobachtet, wenn ich es nicht merke? Ich spüre einen Stich in der Brust. Was, wenn er es nicht tut? Wann hat er mich eigentlich zuletzt wahrgenommen? Auf diese offene, unvoreingenommene Art – als sähe er mich zum ersten Mal. Fühlt er sich unfrei?

Jetzt geht er in den Schuppen. Ich öffne die Tür des Gästehauses und gehe ihm nach. Mein Herz hämmert. Ich will ihn fragen, wo er war, aber ich habe Angst vor der Antwort. Vielleicht gibt es einen Grund für seine Heimlichtuerei.

Er zuckt zusammen und dreht sich um, als ich den Schuppen betrete.

»Hallo. Ich kümmere mich nur noch um die Seile hier.«

Konzentriert nestelt er an etwas auf dem obersten Regal herum. Der Schuppen hat keine Fenster. Auch keinen Stromanschluss, nur das Licht, das durch die angelehnte Tür hereinfällt, und eine Taschenlampe, die an einer Schnur von der Decke hängt. Ich trete dicht neben ihn und streiche ihm mit der Hand über den Rücken, lege den Kopf behutsam auf seine Schulter. Er verknotet weiter Seile. Ich küsse ihn in den Nacken und ziehe sein T-Shirt aus der Hose.

»Was machst du da?«

Er dreht sich um.

»Ich versuche, dich zu verführen«, flüstere ich.

»Jetzt? Hier?«

»Ja, hier.«

Fredrik packt mich am Arm.

»Hier sind doch überall Leute. Wir warten damit lieber noch.«

»Ich will aber nicht warten«, antworte ich. »Die anderen sind alle beschäftigt. Keiner sieht uns.«

»Ich muss duschen.«

Die Lust verschwindet. Obwohl, Lust ist vielleicht nicht das richtige Wort. Ich verliere die Geduld.

Ebenso wie meine Bereitschaft und meinen Willen, Löcher zu stopfen und alles schön zu machen. Nicht zu meckern und zu viele Fragen zu stellen.

»Wo warst du?«, frage ich und trete einen Schritt zurück.

»Was meinst du? Ich habe den Sperrmüll weggebracht.«

»Es dauert keine drei Stunden, den Müll wegzufahren. Ich habe dich mehrmals angerufen, es war immer besetzt. Hast du Geheimnisse? Stimmt irgendwas nicht? Fredrik, antworte mir.«

»Können wir das hier nicht erst mal hinter uns bringen? Bitte?«

Er sieht mich flehend an. Er wirkt so schwach, dass ich es kaum ertrage.

Den Abend verbringen wir vor dem Fernseher. Damit ist es wie mit Kindern – man kann seine Aufmerksamkeit darauf richten, wenn man keine Kraft mehr füreinander hat. Eine Ablenkung, ein Rettungsanker. Leider läuft ein romantischer Film. Alle romantischen Filme enden gleich, nämlich mit einem Happy End für die Liebenden. Man sieht diese Paare allerdings sehr selten nach zwanzig Jahren Ehe, wenn sie nur noch mit Müh und Not miteinander auskommen, und oft nicht einmal mehr das.

Das Kreuzworträtsel liegt als Extrapuffer auf meinen Knien. Lesebrille, Zeitungen, die leere Lutschtablettenschachtel. Es liegt ganz schön viel zwischen mir und Fredrik. Decken. Eine vorübergehende Leere. Viele Jahre des Zusammenlebens.

Das frisch verliebte Paar in dem klobigen, kleinen Fernsehapparat liebt sich auf der Spüle. Ich gebe vor, mein Kreuzworträtsel zu lösen. Fredrik tippt auf seinem Handy herum.

»Ich habe heute bei den Jungs angerufen«, sage ich. »Henrik hatte kaum Zeit zu reden. Die halten ihn ganz schön auf Trab in diesem Lager. Abends ist er völlig fertig. Bei Hugo ging nur die Voicemail ran, aber ich habe eine Nachricht hinterlassen.«

Fredrik nickt und holt tief Luft, öffnet den Mund, schließt ihn jedoch gleich wieder. Die Worte wollen ganz offensichtlich nicht kommen. Ich werde ihm nicht helfen. Wenn er etwas zu sagen hat, muss er das selbst schaffen. Ich bin hier.

»Ich habe den Zaun gestrichen«, erzähle ich. »Morgen können wir vielleicht gemeinsam das Eichenlaub auf der Rückseite zusammenrechen? Die Mäuselöcher im Keller müssen wir auch noch zumauern. Das dürfen wir nicht vergessen.«

Ich trage eine Lösung ins Kreuzworträtsel ein. *Unverschämt*. Hier passt schamlos als Antwort.

Durch das Fenster dringt Musik. Jazz. Mama und Papa haben am Abend immer Platten gehört. Doch in den letzten Jahren ist der Plattenspieler eingestaubt. Jetzt hören wir … ja, was eigentlich? Ray Charles? Duke Ellington? Irgend so etwas. Die Diskrepanz zwischen den entspannten Tönen und der Stimmung im Gästehaus ist enorm.

»Da ist wohl noch jemand wach, auch wenn es schon zehn ist«, sage ich.

»Ich bin jedenfalls hundemüde«, murmelt Fredrik. Sein Kinn ist auf den Brustkorb gesunken. Kurz darauf höre ich seine schweren Atemzüge.

Das Handy liegt auf seiner Brust, es ist ihm aus der Hand gerutscht. Ich warte noch ein paar Minuten. Dann ziehe ich das Telefon vorsichtig unter seinen Fingern heraus. Man schnüffelt nicht im Handy des anderen. Normalerweise mache ich das auch nicht. Beziehungsweise nur ganz selten, und nur, wenn ich wissen muss, was los ist.

Ich mag es nicht, die Kontrolle zu verlieren. Ich ertrage es nicht, außen vor gelassen zu werden. Im letzten halben Jahr hat er sich immer mehr zurückgezogen und viele SMS geschrieben. Das Handy immer bei sich behalten. War manchmal abwesend und mit den Gedanken ganz woanders.

Rasch scrolle ich die Anrufliste durch. Er hat seinen Vater angerufen und im Büro. Doch eine Nummer kenne ich nicht. In der letzten Woche hat er sie sieben Mal gewählt. Die meisten Gespräche haben nicht einmal fünf Minuten gedauert, aber heute Nachmittag, als er beim Wertstoffhof war, hat er über eine Stunde telefoniert.

Mein Herzschlag beschleunigt. Mir ist übel. Meine Arme fühlen sich zerbrechlich wie Glas an. Leise stehe ich auf, öffne vorsichtig die Tür, gehe nach draußen und verstecke mich hinter dem Wacholder an der Hausecke. Die Internetverbindung ist langsam. Schließlich kann ich die Suchmaschine Eniro aufrufen. Hektisch tippe ich die Nummer ein, um zu erfahren, wem sie gehört. Es ist immer noch fast taghell, die Reethaufen wölben sich unter den Abdeckungen wie große Steine oder Fabelwesen. Alis verdammter Lieferwagen steht immer noch da. Eniro sucht quälend langsam. Stunden scheinen zu vergehen. Die Musik aus dem Haus wechselt das Tempo. Endlich ist die Suche abgeschlossen. Kein Treffer. Vermutlich gehört die Nummer zu einem Prepaidhandy.

Mir schwirrt der Kopf. Meine Beine wollen mich kaum tragen. Vielleicht geht es ja wirklich um etwas in der Arbeit, etwas, von dem ich nichts weiß? Oder hat es mit dem Segelklub zu tun? Aber sieben Anrufe in einer Woche?

Unendliche Müdigkeit übermannt mich. Das kann nicht wahr sein. Oder doch?

In Mamas Schlafzimmer brennt Licht, das Fenster ist angelehnt. Die weiße Spitzengardine leuchtet im Dunkeln. Plötzlich ertönt ein lang gezogenes Stöhnen. Dann ein leiser Ruf. Greift er sie an? Ich will schon zum Haus rennen und nachsehen. Dann höre ich das leise Lachen, das genauso sanft und melodisch ist wie die Musik. Mamas Lachen, aber es klingt so perlend, so ungewöhnlich leicht. Bevor es mir bewusst wird, bin ich schon durch das Tor gegangen und laufe den Schotterweg zum Meer hinunter. Meine Füße kennen den Weg immer noch im Schlaf. Jede Unebenheit, jeden Stein, jede Wurzel. Das Telefon halte ich fest in der Hand. Vor Dankbarkeit hätte ich beinahe geweint, die alte Bank steht immer noch an ihrem angestammten Platz am Steg mit den Rettungsringen. Es ist zu dunkel, um das Meer zu sehen, aber ich rieche es. Der Sand ist kalt unter meinen nackten Füßen. Ich setze mich auf die Bank und versuche, meinen Herzschlag zu beruhigen. Ich weiß immer noch nicht, was ich eigentlich empfinde. Ob ich wütend oder traurig bin. Beleidigt und gekränkt. Ich weiß nicht, welche Reaktion angemessen ist. Außer der Panik kann ich nichts benennen. Ich weiß nicht einmal, ob ich Fredrik liebe. Für solche großen Fragen gibt es die Ehe, Himmel noch mal! Damit man sich an Übereinkünfte halten kann, die einen vor ständigen Gefühlsschwankungen bewahren. Das Eheleben erfordert sogar eine gewisse Gefühllosigkeit, damit man auf Kurs bleiben kann. Wenn man ständig alles infrage stellt und seinen Gefühlen nachspürt, funktioniert es nicht.

Ich muss versuchen, einen kühlen Kopf zu bewahren. Darf nicht die Kontrolle verlieren. Keine voreiligen Schlüsse ziehen. Ich sehe auf Fredriks Handy. Sein Hintergrundbild – das offene Meer – leuchtet Unheil verkündend. Ich warte eine Minute. Zwei.

Dann rufe ich die Nummer auf dem Display an.

4

Ich habe kaum geschlafen. Habe wach gelegen und mich mit Herzklopfen hin und her gewälzt und auf Fredriks gleichmäßige Atemzüge gelauscht. Der Tau liegt immer noch auf dem Gras, als ich nach draußen gehe. Es ist früh am Morgen. Die Vögel haben noch nicht zu zwitschern begonnen, nicht einmal das Meer ist zu hören. Doch die Stimme auf der Voicemail habe ich immer noch im Ohr.

Hallo, hier ist der Anschluss von Frida. Ich kann leider gerade nicht mit Ihnen sprechen. Bitte hinterlassen Sie eine Nachricht nach dem Piepton. Ich wünsche Ihnen einen schönen Tag!

Ich weiß genau, wer Frida ist. Sie sitzt in Fredriks Firma am Empfang und kümmert sich auch ein wenig um die Buchhaltung. Ein entspanntes, argloses und fröhliches Mädchen, nicht besonders ehrgeizig. Ja, tatsächlich ein Mädchen, auch wenn sie bestimmt schon fünfunddreißig ist. Frida ist alleinerziehende Mutter von zwei Kindern und hat irgendein Symbol auf den Unterarm tätowiert, von dem sie wahrscheinlich selbst nicht einmal weiß, was es bedeutet. Es soll alternativ wirken, ist aber eigentlich genauso spießig wie all diejenigen, für die diese tiefenentspannten Menschen nur Verachtung übrig haben.

Warum ruft er Frida sieben Mal in einer Woche an? So viele Probleme mit der Lohnzahlung kann es doch gar nicht geben. SMS habe ich keine gefunden. Vielleicht hat er sie gelöscht? Mir fällt nur ein logischer Grund ein. Die beiden haben was miteinander. Aber vielleicht ist es ja nichts Ernstes. Ein kleines Techtelmechtel? Eine Schwärmerei? Verliebtheit? Oder doch eine Affäre? Das sieht Fredrik überhaupt nicht ähnlich. Vielleicht beunruhigt mich diese Erkenntnis am meisten. Er ist nicht der Typ für Untreue. Er hat sich immer für das Bequeme, das Praktische entschieden, das Rationale den Turbulenzen vorgezogen. Hat er jetzt seiner Natur zuwidergehandelt? Dann muss es wirklich ernst sein.

Die Erkenntnis, dass man seit zwanzig Jahren mit jemandem zusammenlebt und dieser Mensch zum Teil immer noch ein Rätsel ist, ist schrecklich. Man vergisst so leicht, dass der andere ein eigenständiger Mensch ist, auch wenn es dumm klingt. Fredrik hat seine eigene Persönlichkeit, und ich habe keine Ahnung, was er denkt.

Ich stehe bewegungslos auf dem Gras. Nebelschwaden hüllen Alis Lieferwagen ein, das Auto scheint fast zu schweben, wie ein fliegender Teppich. Schließlich tappe ich durch das feuchte Gras bis an Mamas Schlafzimmerfenster und spähe hinein. Hinter der Spitzengardine erkenne ich die verschwommenen Umrisse des Schranks in der Ecke, des Sessels mit den Rüschen, des Bücherregals und des Bettes. Mamas Augen sind geschlossen, der Mund leicht geöffnet. Einen Arm hat sie unter das Kissen geschoben. Der andere liegt an Alis Schenkel. Ali liegt auf der Seite, den haarigen Rücken an ihren gedrückt. Neben seiner Sonnenbräune sieht sie wie eine bleiche englische Lady aus mit ihren Sommersprossen auf den schmalen Schultern. Ich zucke zurück und stolpere beinahe über die verdammten Rosen, die ich gerade erst gedüngt habe.

O bitte. Das kann doch nicht sein.

Einen Moment lang schwankt alles. Das Muster

der Gardinen verschwimmt mit dem Fenster. Mir ist schwindelig, ich fühle mich so benebelt, dass ich mich beinahe übergeben hätte.

Vielleicht werde ich gleich ohnmächtig.

Schließlich reiße ich mich zusammen, öffne die Haustür und trete ein. In der Speisekammer finde ich eine Flasche Baileys und eine angebrochene Flasche Grant-Whisky. Ich schenke mir ein halbes Glas davon ein und stürze es hinunter. Mama ist zweiundsiebzig. Ich bin siebenundvierzig und kann die Male, die ich im letzten Jahr Sex mit meinem Mann hatte, an einer Hand abzählen. Das ist unfair, verdammt noch mal!

Ein seltsames Gefühl macht sich auf einmal bemerkbar: Neid. Dort liegt Mama sorglos schlummernd in ihrem Bett, trotz Alis schwerem männlichem Schnarchen. Und Fredrik ist in der ganzen letzten Zeit verliebt, im siebten Himmel und mit Schmetterlingen im Bauch, hat sich wie neugeboren und begehrenswert gefühlt. Während ich dachte, er sei überarbeitet, war er einfach nur emotional erschöpft von seinem neuen anderen Leben. Während ich dachte, er sei krank, lag er sehnsüchtig im Bett. Erging sich vielleicht in seinen erotischen Erinnerungen. Während ich gutgläubig unseren Alltag am Laufen gehalten habe. Mich gelangweilt habe. Pflichtbewusst war.

Er hat sich etwas anderes zugestanden. Hat sich aus unserem Bund zurückgezogen. So war das nicht vereinbart! Ich hätte mich auch auf eines der Angebote einlassen können, die ich im Lauf der Jahre erhalten habe. Was wäre dann gewesen? Und so wenige waren das gewiss nicht. Sei es von Patienten oder von Kollegen auf Fortbildungen. Aber nein, ich habe mich beherrscht. Das Versprechen gehalten. Mit Stolz meine Loyalität bewahrt. Sie in Ehren gehalten.

Jetzt hasse ich sie.

Ich gieße mir erneut Whisky ein, um das widerliche Gefühl loszuwerden, und durchwühle die Schublade, in der Mama ihre Partyzigaretten aufbewahrt hat, als ich noch zu Hause wohnte. Sie hatte sie 1986 auf einer Auslandsreise gekauft. Daran erinnere ich mich noch, weil ich da fünfzehn war und noch nie farbige Zigaretten gesehen hatte. Bis heute übrigens auch nicht mehr. Das Zigarettenpapier ist ausgebleicht, doch sie sind immer noch rosa, lila, hellblau und grün. Der Filter ist mit goldfarbenem Papier umwickelt. Auf der silberglänzenden Schachtel steht GLAMOUR. Ich nehme eine Zigarette heraus und halte sie mir unter die Nase. Sie riecht nach gar nichts. Ich zünde sie an und öffne die Terrassentür. Selbstzerstörerisch zu sein, hilft mir. Und dass niemand weiß, was für Sorgen mich gerade plagen. Fast erwarte ich schon, dass Mama aufmacht, nach draußen kommt und fragt, was eigentlich los ist, doch nichts geschieht. Das Haus ist still. Das Gästehaus ebenso. Die Vögel schlafen paarweise in den Büschen und Bäumen. Alle haben mich um der Liebe willen verlassen. Ich kippe das zweite Glas Whisky hinunter.

Als ich auf dem Küchensofa aufwache, habe ich einen trockenen Mund, Speichel ist auf das Kissen getropft. Ich stehe auf. Die Wanduhr zeigt halb zehn. Die Kaffeekanne steht auf dem Herd. Ich sehe Mama durchs Fenster. Sie hat die Haare im Nacken hochgebunden, trägt ein rosa Kleid und hält einen Gartenschlauch. Sie strahlt geradezu. Vom Dach ertönt ein dumpfes, rhythmisches Hämmern. Fredrik ist nirgends zu sehen. Ich quäle mich hoch und schenke mir eine Tasse Kaffee ein. Muss mich für den Tag rüsten.

Joghurt.

Ein Knäckebrot.

Ich muss etwas essen, bevor ich denken kann. Muss erst wieder ein Mensch werden. Ein lähmendes

Beben breitet sich von meinem Brustkorb über Schultern und Nacken aus. Mit einer Hand stütze ich mich an der Wand ab und schließe die Augen. Auf gar keinen Fall werde ich mich jemandem gegenüber so schwach zeigen. Ich spritze mir eiskaltes Wasser ins Gesicht und meide den Blick in mein Spiegelbild. Dann gehe ich mit der Kaffeetasse in der Hand nach draußen.

»Hallo! Na, auch schon wach? Fredrik war so unruhig, da habe ich ihm gesagt, er soll zum Laden fahren und ein paar Mausefallen kaufen«, sagt Mama fröhlich. »Konntest du heute Nacht nicht schlafen?«

Ich schüttele den Kopf.

»Nein, nicht so besonders.«

Mamas Gesicht glänzt. Sie bemerkt nicht, wie es mir geht, ist voll und ganz mit sich selbst beschäftigt. Unbekümmert streicht sie sich eine Haarsträhne aus der Stirn. Das beharrliche Klopfen vom Dach ist ohrenbetäubend. Mama sieht mich an und errötet.

»Ich nehme an, du hast gesehen, dass ich … heute Nacht Besuch hatte.«

Sie wirft mir einen verstohlenen Blick zu.

»Ich verstehe, dass es komisch für dich sein muss, mich so mit einem Mann im Bett zu sehen«, fährt Mama verlegen fort und schiebt das Kinn vor. »Ich hatte das nicht geplant. Sollen wir uns in die Laube setzen und in Ruhe reden?«

»Gut.«

Ich nicke und versuche, einen plötzlichen Würgereiz zu unterdrücken. Der Alkohol, die Sonne, das Hämmern. Und alles andere.

Mama gießt Holundersaft in zwei Gläser und stellt sie auf den runden Tisch in der Laube. Sie hat immer noch nicht bemerkt, wie schlecht es mir geht. Ich bin enttäuscht, auch wenn ich versuche, keine Gefühle zu zeigen. Sollte eine Mutter nicht sofort sehen, wie es ihrem Kind geht, auch wenn das Kind bereits erwachsen ist und sich nichts anmerken lässt? Schweigend sitzen wir eine Weile beisammen. Mama scheint zu überlegen, wie sie das Gespräch beginnen soll. Sie streckt sich, trinkt und schenkt sich noch mehr Saft nach.

»Für mich fühlt es sich mindestens genauso seltsam an, Filippa. Das Ganze kommt wirklich sehr unerwartet. Du musst wissen, dass ich so etwas noch nie erlebt habe.«

Obwohl wir allein sind, spricht sie leise. Sie blickt auf.

»Was hast du noch nie erlebt?«, frage ich.

»Ich komme mir unglaublich albern vor, dir das zu erzählen.«

Mama unterbricht sich und streicht sich langsam über die Stirn, wo eine senkrechte Ader angeschwollen ist. Sie wirkt träumerisch.

»Das mit dem Sex und so«, fährt sie fort.

»Du musst nicht darüber reden«, unterbreche ich sie und halte abwehrend die Hände hoch.

»Doch, ich will aber. Du weißt schon. Ich glaube, ich habe zum ersten Mal in meinem Leben einen richtigen Orgasmus mit einem Mann zusammen bekommen. Nur durch normalen … Beischlaf. Bitte entschuldige, aber ich muss das einfach jemandem erzählen. Um es selbst glauben zu können. Ich hätte nie gedacht, dass das überhaupt möglich ist.« Mama streicht das Tischtuch glatt und errötet tief.

Das Hämmern auf dem Dach scheint lauter zu werden. *Klopf. Klopf. Klopf. Klopf.*

Mein Mund ist staubtrocken.

»Was willst du damit sagen? Was war mit Papa?«

Mein Ton ist scharf.

»Wir hatten es sehr schön zusammen, wirklich. Aber wir waren so jung und unerfahren, als wir geheiratet haben. Ich wusste nicht, was ich zu erwarten hatte, ich habe einfach genommen, was mir gegeben wurde.«

Mama räuspert sich leicht.

»Das war vor der sexuellen Revolution. Danach

hat man furchtbar viel Aufhebens darum gemacht. Eine Freundin von mir hat ständig von ihren großartigen Orgasmen geredet. Für sie war es richtig schlimm, wenn jemand nicht kommen konnte. Ihrer Meinung nach wird eine Frau deswegen so unglücklich und unzufrieden, dass sie eine Gefahr für die Ehe darstellt. Ich habe es nie über mich gebracht, ihr von meinen eigenen Schwierigkeiten zu erzählen, sie sollte nicht glauben, dass ich mich beschwerte. Doch manchmal hatte ich das Gefühl, dass ich die Einzige war, die … Wie soll ich sagen … den Kuchen ohne Sahne essen musste.«

Ich schlucke instinktiv. Meine Kehle ist wie zugeschnürt.

»Eigentlich fand ich das sogenannte Petting vor der Hochzeit viel erregender.«

»Hör auf«, bitte ich sie.

»Völlig egal, ob das Jungfernhäutchen ein Mythos ist oder nicht«, fährt Mama ungerührt fort. »Es war spannend, weil alles erlaubt war, solange man das Jungfernhäutchen nicht verletzte. Und ich bin tatsächlich zum Gipfel gekommen – und auch dann, wenn ich allein mit mir war –, aber bei normalem Verkehr passiert das ja nicht so automatisch, wie man es erwartet. Es hat einem ja keiner gesagt, was man tun muss! Meine Mutter war so prüde und verklemmt und hat nie über so etwas gesprochen. Später habe ich erfahren, dass im Prinzip alle Frauen manuell stimuliert werden müssen, um den Höhepunkt zu erreichen. Es ist ziemlich frustrierend, wenn ich an all die Jahre denke, in denen ich dachte, etwas stimmt nicht mit mir, weil ausgerechnet ich das nicht schaffte. Ich habe mich geschämt.«

Mama trinkt einen Schluck.

»Glaub jetzt bitte nicht, dass dein Vater ein Egoist war, das war er wirklich nicht. Er war einfach genauso unerfahren. Ich hätte ihn ja um Hilfe bitten können, aber ich dachte, ich brauche viel zu lange, um zu kommen, und ich wollte nicht, dass es dann zu angestrengt und mechanisch wird. Als ob mir nur das wichtig wäre. Es war einfacher, darauf zu verzichten.«

Sie zuckt mit den Schultern und knipst nervös ein verwelktes Blatt von der Pelargonie auf dem Tisch.

»Andere Dinge sind genauso wichtig. Nähe. Zärtlichkeit. Doch jetzt …«

Sie hält inne und sieht mich direkt an.

»Bin ich wirklich zweiundsiebzig? Hm?«

Sie beugt sich vor. Ihre Augen fangen das Sonnenlicht ein wie zwei blaue Glasscherben.

»Ich habe heute Nacht nicht nur einen Orgasmus gehabt. Sondern vier!«

Sie legt die Hände an die Wangen und reißt die Augen auf. Ich wünschte, der Wind hätte diese Worte weggeweht, bevor sie meine Ohren erreichten. Ich könnte gut ohne diesen Satz leben. Mir steigt das Blut ins Gesicht, und mir wird wieder schwindelig.

»Aber du kennst diesen Mann doch überhaupt nicht«, sage ich aufgebracht. »Du weißt doch gar nicht, was er für Absichten hat.«

»Ist das denn so wichtig? Auf meine Unschuld hat er es ja wohl kaum abgesehen.«

»Er könnte dich ausnutzen«, sage ich. »Hat er dich um Geld gebeten? Hat er?«

»Ganz bestimmt nicht! Aber er hat die lebenslange Instandhaltung des Daches versprochen.«

Mama lehnt sich zurück und blinzelt.

»Wie kannst du so misstrauisch sein, dass du sofort glaubst, dass er mich ausrauben will? Kannst du mir nicht einfach ein bisschen Freude gönnen, Filippa? Du hast doch einen Mann. Warum willst du, dass ich traurig zu Hause hocke? Du kannst wirklich schrecklich missgünstig sein, weißt du?«

Mama sieht mich an. Ihr Blick ist herausfordernd und verletzlich.

»Findest du, ich bin zu alt für die Liebe?«

»Das habe ich doch überhaupt nicht gesagt«, erwidere ich.

»Ich frage mich nur. Weißt du, ich fühle mich genauso wie damals, als ich siebzehn war. Du kannst das vielleicht nicht richtig verstehen, du bist ja noch nicht so alt. Aber nur der Körper verändert sich, nicht die Gefühle.«

Mama trinkt hektisch aus ihrem Glas.

»Als ich letzte Woche in der Stadt war, habe ich eine alte Frau auf der anderen Straßenseite gesehen, die mir irgendwie bekannt vorkam. Woher kenne ich sie nur?, dachte ich. Dann stellte sich heraus, dass ich an einem Spiegel in einem Bekleidungsgeschäft vorbeigegangen war. Ich hatte mich selbst gesehen! Als ich nach Hause kam, war ich völlig schockiert. Bin ich wirklich so alt? Ich fühlte mich wirklich elend und fast schon tot. Doch jetzt fühle ich mich wie ein neuer Mensch, bin voller Leben und Energie. Ich spüre alles! Sogar die Rillen im Porzellan.«

Mama fährt mit der Fingerkuppe über die blauen Blumenranken auf der Kaffeetasse.

»Denk daran, bevor du sagst, ich könnte ausgenutzt werden. Das ist sehr verletzend. Ali sieht vielleicht etwas in mir, was dir überhaupt nicht mehr auffällt. Warum erscheint dir das so unmöglich?«

Ich senke den Blick auf das Tischtuch.

»Ich halte es nicht für unmöglich«, sage ich langsam. »Du bist immer noch eine hübsche Frau, Mama.«

»Vielleicht erinnere ich ihn an jemanden, was weiß ich. Jemanden, den er früher mal geliebt hat. Oder vielleicht gefalle ich ihm zufällig einfach. Wir lachen miteinander, und es ist ganz schön lange her, seit ich das mit jemandem konnte. Es geht nicht nur um Äußerlichkeiten.«

Abrupt stellt sie ihr Glas auf den Tisch und streicht sich eine Haarsträhne aus dem Gesicht.

»Heute will ich mich einfach darüber freuen. Nur eine Weile. Aber vielleicht stimmt es. Vielleicht bin ich zu alt.«

»Für die Liebe ist man doch nie zu alt«, sage ich, meide aber ihren Blick.

»Vielleicht nicht für die Liebe, aber für alles andere. Jemandem schmeicheln. Sich anpassen. Die ganze Lebensgeschichte erzählen. Allein schon, den anderen Menschen mit allem vertraut machen, was man so erlebt hat! Ich bin schon erschöpft, wenn ich nur daran denke.«

»Soll man denn eine Chance vorüberziehen lassen, nur weil man zu müde dafür ist?«, frage ich.

»Keine Ahnung. Vielleicht.«

Mama zuckt mit den Schultern.

»Ich verwechsle das, was ich heute Nacht erlebt habe, bestimmt nicht mit echter Liebe, auch wenn wir natürlich eine gewisse Liebe füreinander empfunden haben. Ich sage nur, dass ein Neuanfang in jedem Fall schwer ist. Es erfordert viel. Aber manchmal reicht schon ein kleines bisschen, dass man sich besser fühlt. Dass man an die Chance glaubt. Verstehst du?«

»Ich verstehe«, antworte ich und mustere ihr Profil.

Ihre Ohrläppchen sind größer als früher. Es waren die Ohren, die an einem Menschen nie aufhören zu wachsen, oder? Ihre braun gebrannten Wangenknochen glänzen. Ihre Haut war schon immer weich und glatt, auch wenn sie sie immer nur mit Lux-Seife gewaschen hat und sie eigentlich staubtrocken sein müsste.

»Er wohnt mit einer Frau zusammen«, sage ich.

»Woher weißt du das?«

»Ich habe ihn im Internet recherchiert.«

»Aha. Nun, das könnte ja seine Tochter sein.«

Mama schüttelt eine Fliege ab.

»Ich werde ihn nicht verteidigen. Wir kennen uns ja erst kurz. Ich hätte dir gar nichts erzählen sollen. Wichtige Dinge sollte man offensichtlich für sich behalten.«

Sie seufzt und presst die Lippen aufeinander. Sofort bereue ich mein Verhalten, bringe aber auch keine Entschuldigung zustande.

Ein Vogelschwarm zieht hoch über uns hinweg. Die Luft riecht salzig. Alles erscheint so verschwommen, als würde es sich im nächsten Moment in Luft auflösen.

»Ich glaube, Fredrik hat eine Affäre«, sage ich.

»Was? Wirklich? Wieso glaubst du das?«

Mama legt ihre Hand auf den Tisch, neben meine.

»Er telefoniert täglich mit einer Frau aus der Arbeit. Gestern Abend habe ich es herausgefunden. Ich habe sein Handy überprüft und es zufällig entdeckt. Er hat sie sieben Mal angerufen. Ich weiß nicht, was ich tun soll.«

»Kennst du sie?«

»Flüchtig.«

»Und er weiß nicht, dass du es weißt?«

»Nein.«

»Dann warte noch, bis du ihn damit konfrontierst. Bis wir Zeit zum Nachdenken hatten. Ach herrje. Wer hätte das gedacht. Fredrik. Dass er das überhaupt in sich hat.«

»Was meinst du damit?«, frage ich und sehe auf.

»Nichts Spezielles. Nur dass er das aushält. Es muss ihn ja umbringen.«

»Ihn?«

»Ja. Dass er Geheimnisse hat. Er war ja noch nie besonders stark. Das muss ganz schön an ihm zehren. Aber vielleicht telefonieren er und diese Frau wirklich nur?«

»Glaubst du das ernsthaft?«

»Ich weiß es nicht. Es ist zumindest nicht unmöglich. Habt ihr Probleme? Da passiert es schnell, dass man mit jemandem darüber redet. Als Papa und ich nicht so gut miteinander auskamen, habe ich viel mit Nisse von der Bank gesprochen. Er war ein guter Zuhörer. Ein bisschen wie ein Pastor.«

Ich zupfe mir ein Stück Haut vom Daumen.

»Wir reden nicht mehr so oft miteinander, er arbeitet viel. Und wir haben Schulden«, sage ich.

»Das haben doch alle in Stockholm.«

Mama rümpft die Nase.

»Nicht nur wegen der Wohnung«, erkläre ich. »Unsere Schulden sind leider ziemlich hoch. Ich weiß nicht, wie wir das schaffen sollen.«

»Himmel, Filippa, das kann nicht dein Ernst sein.«

Mama lehnt sich zurück.

»Wie konnte es überhaupt so weit kommen? Du hast doch immer aufs Geld geachtet.«

»Wir hatten gehofft, dass du das Haus verkaufst und uns dann etwas leihen könntest.«

Mama lacht hohl auf.

»Das ist ja wohl die Höhe. Ihr seid zwei erwachsene Menschen, die sich eben nach der Decke strecken müssen. Unglaublich.«

Sie sieht auf die Tischdecke und schüttelt den Kopf.

»Nun, um mein Haus müsst ihr euch jedenfalls keine Gedanken mehr machen. Ali kennt jeden Handwerker hier in der Gegend. Von jetzt an kann ich mich allein um alles kümmern, mit seiner und der Hilfe des Vereins. Aber was sollen wir nur mit dir machen, meine liebe Tochter? Ich verstehe das nicht. Als Kind waren dir Dinge überhaupt nicht wichtig. Du hast nie um etwas gebettelt, warst zufrieden mit dem, was du hattest. Deine Sachen sollten nur ordentlich sein. Weißt du noch, wie du im Schuppen Post gespielt hast? Du hast Briefumschläge gestempelt und gestapelt und sie dann in die Briefkästen oben am Weg verteilt. Ich hätte nie gedacht, dass du dich von teuren und schicken Sachen blenden lassen würdest. Wie konntest du nur in diesen Schlamassel geraten?«

Ich schüttele wütend den Kopf. Schlucke angestrengt. Umklammere die Tischkante mit den Fingern, bis sich die Knöchel weiß färben.

»Ich weiß es nicht«, erwidere ich.

Etwas ist schiefgegangen. Ich wünschte, ich wüsste, was.

Ich gehe auf den Dachboden und stelle den Plattenspieler an. Es ertönt Ray Charles. Als ich die Platte als Teenager in einer Schublade fand, hatte ich so etwas noch nie gehört. Das verträumte Klavier, die tiefe, warme Stimme, die Lieder voller sentimentaler Lebensweisheit sang. Der Plattenspieler hat schon viele Jahre auf dem Buckel, er stammt noch aus den Siebzigern. Papa hat ihn immer Grammophon genannt.

Don't put all your hope in one heart. Don't put all your dreams in one basket.

Man sollte mehrere Eisen im Feuer haben, das verringert das Risiko, enttäuscht zu werden. Nicht alles auf eine Karte setzen, denn wer weiß schon, was passiert? Mit einem selbst. Mit dem eigenen Verstand. Das ist vermutlich die Moral von der Geschichte, aber wenn man sich auf nichts voll und ganz einlässt, steht man am Ende allein da, umgeben von Leere. Was man auch macht, man kann alles verlieren. Was man auch macht, man kann sich nicht schützen.

Man wird immer vom Leben eingeholt.

Ich hebe einen Stift auf, der zwischen zwei Bodenbretter gerutscht ist. Er stammt aus Papas Zahnarztpraxis. Das kleine Logo mit der Silhouette eines Zahns ruft mir den Geruch der Praxis in Erinnerung. Das Geräusch der Pantoffeln auf dem Kunststoffteppich. In der Oberstufe habe ich in den Sommerferien bei Papa gearbeitet. Habe geputzt und den Patienten Quittungen auf kleinen gelben Blöcken mit Durchschlagpapier ausgestellt. Wer kennt denn heute noch Durchschlagpapier? Ich werde wirklich alt. Fredriks und meine ersten Rechnungen für die Wohnung in Umeå habe ich mit Überweisungsformularen mit Durchschlagpapier bezahlt. Meine Kinder werden das nie verstehen. Sie haben ihre iPads.

Ich denke an alles, was verschwunden ist und doch gerade noch da war. Wie Telefone mit Schnur. Oder Faxgeräte. Oder Langeweile. Oder richtige Gräben, mit Klee und Wildblumen. Telefonleitungen. Walkmans. Unerforschte Gebiete. Lebenslange Ehen.

Es muss doch etwas geben, was Bestand hat, etwas, an dem man festhalten kann. Sonst wird man verrückt.

Es muss Regeln geben!

Aber was macht man, wenn die Regeln nicht mehr gelten? Was macht man, wenn das, was man versprochen hat, nicht mehr wichtig ist?

Es stimmt, was Mama gesagt hat. Als Kind war ich mit wenig zufrieden. Für mich war es selbstverständlich, dass ich die Fallstricke vermeiden, meinen Kindern beibringen würde, wie man zeltet, dass Bücher etwas Tolles sind, ebenso wie Blockflöte oder Geige.

Ich würde ihnen erklären, warum wir Weihnachten feiern, Stöcke schnitzen, kleine Dinge wertschätzen, Sachen reparieren, anstatt etwas Neues zu kaufen. Es ist nur so schwer, dieses Ideal aufrechtzuerhalten. Die Gegenwart arbeitet gegen das Einfache und Anspruchslose. Wir haben mittlerweile nicht mal mehr ein Bücherregal zu Hause. Und gezeltet haben wir auch nie.

Die besten Vorsätze können verpuffen, und selbst wenn man sich voll und ganz darauf eingelassen kann, kann man enttäuscht werden.

Man darf nicht alles auf eine Karte setzen.

Sei nett, aber nicht treudoof.

Verabschiede dich nicht von deinen Idealen.

Von diesen banalen Weisheiten singt Ray Charles, und auf einmal klingen sie wie geniale Erkenntnisse.

Fredrik kommt mit zwei Tüten aus dem Baumarkt zurück. Er hat violette Ringe unter den Augen. Untreue zeigt sich gern körperlich, oft mit pochenden Schmerzen. Oder auch in der Kieferpartie.

»Hallo. Wie geht es dir?«

Ich blicke von der Sonnenliege auf. Ich trage Mamas Sonnenbrille. Sonnenbrillen sind gut. Man kann sich dahinter verstecken, wie hinter einem Sonnenbrand.

»Danke, gut. Hier, die Spachtelmasse für die Mäuselöcher im Keller.«

Er reicht mir eine Tube.

»Und neues Schleifpapier und Pinsel. Das brauchten wir auch.«

Schweigend bleibt er vor der Liege stehen.

»Ist das Fieber weg?«, frage ich.

»Noch nicht ganz.«

Er fährt sich mit der Hand durchs Haar. Er sieht erbärmlich aus, irgendwie kleiner. Als ob sein Kopf geschrumpft wäre. Ein Bild aus einer Fernsehdokumentation kommt mir in den Sinn: südamerikanische Ureinwohner, die die Skalps ihrer Feinde geschrumpft und sie als Tauschobjekte benutzt haben.

»Vielleicht hast du zu viel gearbeitet«, sage ich. »Zu viel geschuftet. Du warst das ganze Frühjahr über so beschäftigt.«

Fredrik hustet.

»Oder ist etwas passiert?«, frage ich. »Was ist los?«

»Nichts, nichts Besonderes.«

Fredrik schüttelt rasch den Kopf. Er ist so ein schlechter Lügner. Komisch, dass er das Versteckspiel so lange durchgehalten hat.

»Ich dusche nur schnell.«

Er geht an der Sonnenliege vorbei und verschwindet im Haus. Mein ganzer Körper pulsiert vor Kränkung, Ekel und Wut. Vor allem aber vor Angst. Ich muss hier weg, um in Ruhe nachdenken zu können. Ich werde mich nicht in die Rolle der betrogenen oder passiven Ehefrau fügen. Niemals. Ich muss mit jemandem sprechen. Aus dem Haus ist Lachen zu hören. Durch eine Lücke im Gebüsch sehe ich, wie Ali Mama im Scherz auf die Treppe hebt und mit ihr zusammen in die Küche geht. Neben ihm sieht sie wie ein kleines Mädchen aus. Ihr schlanker Hals, seine muskulösen Arme, ihre Taille.

Ich muss an Brigitte Bagger denken. Die Frau, die Ali hergeschickt hat. Weiß sie, was hier vor sich geht? Alles hat mit Brigitte und ihrem Verein zur behutsamen Renovierung begonnen. Wenn ihr die Auswahl ihrer Handwerker so wichtig ist, dann müsste sie auch wissen, was Ali für ein Typ ist. *Cherchez la femme.* Das ist Französisch und heißt so viel wie, dass man die Frau ausfindig machen muss, die dahintersteckt, wenn man etwas erfahren will. Und Brigitte ist die Frau, die hinter Ali steckt. Die nur zehn Kilometer von hier entfernt wohnt.

Ich könnte zu ihr fahren. Zur Ablenkung. Ohne Bescheid zu sagen, nehme ich die Autoschlüssel, die Fredrik ins Gras geworfen hat, und steige in Mamas Wagen, starte den Motor und biege auf die Landstraße. Rasch gebe ich die Adresse in das Navi meines Handys ein. Zwölf Minuten Fahrt. Keine Verkehrsbehinderungen. Ich trete aufs Gas. Es ist schön, unterwegs zu sein, die unbehagliche Atmosphäre hinter sich zu lassen. Die Landschaft hat sich in den letzten Jahren verändert. Überall stehen Windräder. Schotterwege sind asphaltiert. Einkaufszentren. Sommerhäuser, die zur ganzjährigen Nutzung umgebaut wurden. Geschlossene Dorfläden. Solange alles so war, wie ich es schon immer gekannt hatte, konnte ich mich darüber beschweren. Konnte es mir leisten, schlecht über alles zu reden. Als der Kaufladen dann schloss und der komische Buchhändler mit dem Schnurrbart aus der Stadt wegzog, vielleicht sogar gestorben war, habe ich all das vermisst. Jetzt gerade sehne ich mich so verzweifelt danach, dass ich weinen könnte. Das Fahrradgeschäft, der Kaufladen, der Schuhmacher mit den Körben, das Geschäft mit Nähbedarf und Stoffen. Ein Teil von mir fühlt sich sogar verpflichtet, ihr Erbe anzutreten. Könnte ich hier wohnen? Zurückkehren? Würde ich alles verlieren und müsste in der Zahnarztpraxis im nächsten Kaff arbeiten, wenn da überhaupt noch etwas ist? Ein Kaff also.

Fredrik ist feige und kann sich zum Teufel scheren. So viele Verpflichtungen habe ich erfüllt, habe mich um so vieles gekümmert. Viel zu wenig Zeit für mich und meine Interessen gehabt.

Ich habe es so satt. So unendlich satt.

Ich gebe noch mehr Gas. Gleich bin ich bei Brigitte. Noch zwei Minuten. Dann biege links auf einen schmalen Schotterweg ein. *Hier endet die öffentliche Ordnung* steht auf einem Holzschild mit großen roten Buchstaben an der Einfahrt. Ich erkenne das Haus von der Website wieder. Ein ockergelbes, ziemlich kleines Steinhaus. Die Fensterrahmen sind englischrot gestrichen und glänzen in der Sonne. Das Obergeschoss hat eine Dachgaube mit gewölbtem Fenster. Über allem thront ein Reetdach, es schimmert bleigrau. Üppige Fliederbüsche und Beete mit Pfingstrosen umgeben das Haus.

Ich stelle den Motor ab. Es knackt unter der Motorhaube. Die Luft vibriert in der Hitze. Normalerweise weht hier immer ein leichter Wind. Doch ausgerechnet heute ist es so still, dass ich die Hummeln im Gebüsch summen hören kann. Auf der Treppe zum Haus liegt ein Flickenteppich. Auf der Veranda hängt ein Windspiel aus Muscheln und farbigen Glasscherben. Ein Huhn pickt zerstreut auf dem Hof herum. Ein Fenster ist angelehnt, aus dem Haus dringt leise Musik. Sonst ist alles ruhig.

Hier endet die öffentliche Ordnung. Was soll das

heißen? Ich öffne die Wagentür und steige aus, gehe an einigen Tonfiguren im Gras vorbei zur Haustür; eine Flügeltür mit Sprossenfenstern und Messingklinke. Ich klopfe drei Mal. Schritte ertönen. Zögerliche Stille, ein Schatten hinter den Fenstern.

Dann wird die Tür geöffnet.

Die Frau auf der anderen Seite der Schwelle trägt ausgeblichene Jeans, ein marineblaues Fischerhemd und lange sockenartige Hausschuhe mit Inkamuster. Bis auf den knallroten Lippenstift ist sie ungeschminkt. Ihre grauen Haare reichen ihr bis zur Taille. Ich habe bei einer Frau ihres Alters noch nie so lange Haare gesehen. Sie haben die gleiche Farbe wie ihr Dach. Die Augen der Frau blicken wachsam – ein Zeichen dafür, dass sie schon viel gesehen hat und sich nicht leicht beeindrucken lässt. Sie ist etwa so alt wie meine Mutter, vielleicht auch ein wenig älter, und hat ein hübsches Gesicht mit hohen Wangenknochen und frischer gebräunter Haut.

»Guten Tag?«

»Guten Tag. Sind Sie Brigitte Bagger?«, frage ich.

»Ja. Und wer sind Sie?«

Sie mustert mich von oben bis unten. Erst jetzt merke ich, dass ich eine schmuddelige Baseballkappe trage, der einzige Sonnenschutz, den ich in meiner Aufgewühltheit im Gästehaus gefunden habe.

»Ich heiße Filippa Lövgren. Vielleicht erinnern Sie sich? Ich habe vor ein paar Wochen wegen des Reetdachs meiner Mutter angerufen. Sie haben mir einen Dachdecker empfohlen, Ali Soosaneh«, sage ich.

»Ja, Ali. Hat er schon mit der Arbeit angefangen?«

»Er war etwas zu eifrig«, erwidere ich. »Ich müsste über ein paar Dinge mit Ihnen reden. Zu Hause ist nämlich so einiges passiert.«

Ich klinge angespannt.

Brigitte betrachtet mich forschend. Dann tritt sie einen Schritt zurück.

»Dann kommen Sie am besten mal rein.«

5

Ich bin bei Brigitte Bagger. Wir haben uns auf die verglaste Terrasse an der Rückseite des Hauses gesetzt. Brigitte hat eine Karaffe mit Minztee und Eiswürfeln und zwei hohe Gläser auf den Tisch gestellt. Die Terrasse ist modern gehalten, mit wenigen Möbeln, die alle individuell und rustikal aussehen. Der Tisch ist rund, aus einer Ulme gefertigt, die an Ulmensterben erkrankt war. Unter den Händen eines ihrer Handwerker wurde daraus eine hübsche Tischplatte, hat Brigitte beiläufig erzählt, während sie Tee und Gläser holte. In einer Ecke dreht sich träge ein Ventilator. Wir sehen uns lange über den Tisch hinweg an. Plötzlich bin ich mir nicht mehr sicher, was ich hier tue. Brigitte schenkt Minztee ein.

»Ein schönes Haus«, sage ich schließlich.

»Danke. Als mein Ex-Mann und ich es in den Siebzigern gekauft haben, existierte eigentlich nur noch die Hülle. Wir haben nach dem Regelbuch gearbeitet, mit Sachsenstab-Vertäfelung und Holzboden, den man mit Seife scheuern musste und der schon beim geringsten bisschen Flecken bekam. Seither hat sich das Haus oft verändert.«

Brigitte reicht mir ein Glas.

»Als die Kinder aus dem Haus waren, haben wir die Zimmer umfunktioniert. Und aus dem früheren Wohnzimmer wurde ein Atelier. Ich bin keine Künstlerin, aber ich mache viel Handarbeiten, und da brauche ich Licht. Ich nähe, färbe Stoffe, spinne. Manchmal veranstalten die anderen Vereinsmitglieder und ich Kurse im Buchbinden oder Weben oder was uns sonst gerade interessiert. Man sollte die einfachen, grundlegenden Glücksbringer nicht unterschätzen.«

»Und woran denken Sie da?«, frage ich skeptisch.

»Schöne Materialien, gediegene Möbel, Ruhe. Licht. Gutes Essen. Körperkontakt.«

Sie lächelt.

»Was Sie nicht sagen«, entgegne ich und trinke einen Schluck Tee. Meine Wangen brennen.

Brigitte sieht mich nachdenklich an.

»Und warum genau sind Sie hier?«

Sie wirft ihr langes Haar über die Schulter.

»Der Dachdecker, den Sie empfohlen haben«, beginne ich.

»Ja, Ali. Sind Sie zufrieden mit ihm?«

»Ich bin mir noch nicht sicher. Aber ich wollte Sie fragen, was er für ein Typ ist.«

Ich räuspere mich und suche nach den richtigen Worten.

»Das klingt jetzt wahrscheinlich sehr seltsam, aber er und meine Mutter ... Sie haben ... ein unangemessenes Verhältnis begonnen.«

»Ein unangemessenes Verhältnis?«

Brigitte lacht und legt den Kopf in den Nacken.

»Er hat etwas mit ihr angefangen«, verdeutliche ich. »Das finde ich etwas unprofessionell. Gelinde gesagt. Er ist jetzt seit zwei Tagen schon dort. Meine Mutter ist Witwe, das hatte ich Ihnen ja erzählt, als wir miteinander telefonierten, und leichte Beute für jemanden, der ...«

»Der was?«, unterbricht mich Brigitte.

»Ja, ich weiß auch nicht. Der ältere Frauen ausnutzt.«

»Der Ihre arme Mutter ausnutzt, die bis in alle Ewigkeit einfach nur in Ruhe gelassen werden will?«

Brigitte lächelt ironisch, und ein Grübchen erscheint in ihrer sonnengebräunten Wange.

»Weiß Ihre Mutter, dass Sie hier sind?«

Sie beugt sich über den Tisch.

»Nein. Ich habe Sie angerufen, weil ich Hilfe für sie und das Haus gesucht habe. Und nicht, weil sie von irgendeinem dahergelaufenen … Dachdecker-Casanova verführt werden soll. Meine Mutter ist mir wichtig!«, betone ich streng.

»Uns auch.«

Brigitte nickt.

»Offensichtlich hat sie Ihnen nichts von dem Verein erzählt.«

»Was soll eigentlich dieses verfluchte Gerede von dem Verein?«, antworte ich irritiert. »Was hat es damit überhaupt auf sich?«

Brigitte trinkt einen Schluck Tee. Ein Minzblatt bleibt an ihrer Unterlippe hängen. Sie zupft es ab und kaut zerstreut darauf herum. Der Ventilator dreht sich träge in seiner Ecke. Hier drin wirkt alles einschläfernd. Ein riesiger Farn wächst in einem zu kleinen Topf auf einem weißen Hocker. An der Wand klebt ein Papierschmetterling wie eine große Motte. Brigitte fährt sich mit der Hand durchs Haar.

»Wir haben den Verein vor vier Jahren ins Leben

gerufen. Dahinter steckt ein bisschen mehr, als man von außen betrachtet denken könnte.«

Sie sieht durch die Bleiglasfenster nach draußen.

»Wir waren fünf Frauen hier in der Gegend, die eigene Häuser besaßen und sich wegen der Kosten für einen Maurer zusammentun wollten. Anfangs kannten wir uns gar nicht. Wir haben uns hier zum Abendessen getroffen und uns etwas besser kennengelernt. Es stellte sich heraus, dass wir alle verwitwet waren. Nicht alle wollten einen neuen Mann, aber alle vermissten Nähe und Zärtlichkeit – und natürlich auch Hilfe im Haus. Da haben wir nachgedacht. So viele einsame Frauen, die in ihren großen Häusern hocken. Irgendwo muss es doch auch Männer geben, denen es genauso geht. Die auch nicht noch einmal die Tretmühle aus Ehe und familiären Verpflichtungen mitmachen wollen, sondern eine Frau suchen, die das alles schon hinter sich hat. Die weiß, wer sie ist und fest im Leben steht. Die schöne, alte Häuser mag und sie gern renoviert.«

Brigitte sieht mich forschend an. Ihre graugrünen Augen glänzen.

»Es stellte sich heraus, dass Marianne einen sehr erfolgreichen Sohn hat, der für ein Unternehmen arbeitet, das sich auf eine neue Art personalisierte Werbung spezialisiert hat«, fährt Brigitte fort. »Sie wissen ja, heutzutage kann man Menschen über die sozialen Medien analysieren und ihnen speziell angepasste Anzeigen zuspielen. Entweder als Werbung oder für ein politisches Anliegen. Mariannes Sohn arbeitet in London für eine solche Firma. Als er dann über Weihnachten zu Hause war, hat er uns ganz begeistert von den Entwicklungsmöglichkeiten erzählt. Wir dachten, dass wir auf diesem Weg Männer finden könnten. Männer, die zu uns passen und unsere Interessen teilen. Max – Mariannes Sohn – hat angeboten, das Ganze als Pilotprojekt zu betreuen, eine Art Matchmaking de luxe. Das war sozusagen der Anfang des Vereins.«

Ich starre Brigitte an und tupfe den Schweiß ab, der mir am Hals hinunterläuft.

»Brauchen Sie etwas Süßes? Sie sehen ganz blass aus. Ich habe Datteln.«

Brigitte beobachtet mich wachsam.

»Danke, Datteln hatte ich genug«, murmele ich. »Aber erzählen Sie bitte weiter.«

Ich trinke einen großen Schluck Tee. Er ist eiskalt und schmeckt leicht säuerlich.

»Entscheidend ist, dass man ein Gegenstück für alles findet, wenn man weiß, wo man suchen muss. Für eine unordentliche Frau findet man einen Mann, der gern putzt. Oder einen formbaren, gefügigen

Menschen für jemanden, der gern den Ton angibt. Egal, was für seltsame Eigenschaften jemand haben mag, es existiert ein Gegenstück. Wenn man genug über den Empfänger weiß, kann man einen Vorschlag maßanfertigen, von dem der andere gar nicht wusste, dass er ihn haben wollte. Jeder Topf findet seinen Deckel. Also …«

Brigitte lehnt sich zurück.

»Wir haben eine Anzeige formuliert, die sich an genau die Männer richtete, die wir suchten. Handwerklich begabte, lebensfrohe Männer, die reife, bodenständige Frauen mögen. Dann haben wir die Anzeige ins Internet gestellt.«

Brigitte streicht mit den Händen über die Tischplatte. »Die Antworten kamen zu Hunderten.« Sie nickt langsam.

»Wir mussten aus dem Wohnzimmer ein Büro machen.« Sie wedelt mit der Hand Richtung Haus. »Der Fernseher musste raus, wir haben ein paar Schreibtische auf dem Flohmarkt gekauft. Die offensichtlichen Heiratsschwindler und die unseriösen Kandidaten haben wir aussortiert. Da wir so viele Zuschriften erhalten hatten, blieben am Ende dennoch einige richtig vielversprechende Kandidaten übrig. Die zehn, die wir jetzt haben, sind erstklassig. Ali gehört dazu.«

Ich merke, dass mein Mund leicht offen steht und ich ihn nur mit Mühe schließen kann.

»Sie machen Witze, oder?«, sage ich.

»Warum sollte ich?«

Sie legt den Kopf schief. Eine Fliege surrt am Fenster, das Geräusch vermischt sich mit dem Brummen des Ventilators. Ich schwitze, mir ist schwindelig.

»Sie betreiben hier also so eine Art widerlichen Swingerklub?«, frage ich.

Brigitte lächelt nachsichtig.

»Sie haben offenbar das große Bedürfnis, Dinge herabzusetzen. Wir sind tatsächlich Pionierinnen, weltweit die Ersten, die diesen Weg für diesen Zweck eingeschlagen haben.« Sie beugt sich vor. »Wir zwingen niemanden. Alle Beteiligten sind erwachsene Menschen. Ihre Mutter und Ali haben offensichtlich Gefallen aneinander gefunden. Das passiert nicht immer gleich bei der Besichtigung. Deshalb ist sie auch so wichtig, damit beide Seiten sich in Ruhe beschnuppern können. Sexuelle Anziehung ist launisch. Ihre Mutter bekommt ein neues Dach und wohl einen Sommer voller Liebe. Dazu kann man ihr nur gratulieren. Außerdem sind ihr lebenslange Wartung und Garantie auf das Dach sicher, unter der Voraussetzung, dass die andere Seite – Ali in diesem Fall – zu ihr zurückkehren möchte. Wir teilen die Wochen unter uns auf.«

»Sie teilen sich einen *einzigen* armen Dachdecker?«, frage ich entsetzt.

»Meine Liebe, so ein Dach wird nur alle Jubeljahre ausgebessert. Aber wir haben auch Maurer und Installateure und Schornsteinfeger. Und Steinsetzer. Die sind richtig gut.«

Sie nickt gedankenverloren.

»Leimfarbe. Blähton. Sie haben wirklich unglaublich geschickte Hände. Wir beauftragen keine Pfuscher. Nein, das sind alles kompetente, erfahrene Enthusiasten, die sich wirklich Zeit für das Objekt nehmen.«

Ich starre auf die Fliege, die sich in der weißen Leinengardine verfangen hat. Alles erscheint mir so unwirklich. Sitze ich tatsächlich hier?

»Das klingt ein wenig wie Prostitution«, sage ich.

»Was ist das denn für ein Unsinn? Sie werden ganz regulär nach dem allgemein üblichen Stundensatz bezahlt. Und sie haben nicht gerade wenig Aufträge. Was darüber hinaus passiert, bestimmen die Beteiligten selbst.«

»Sie versuchen, das so klingen zu lassen, als sei die Liebe ein Arrangement«, sage ich leise. »Ein … Eine Übereinkunft. Ohne Gefühle. Etwas, das man einfach so bestellen kann.«

»Im Gegenteil. Die Gesellschaft will die Liebe unbedingt kategorisieren«, entgegnet Brigitte. »Unser Verein kann nichts für die engstirnige Einstellung der Gesellschaft, wie eine Liebesbeziehung auszusehen hat. Wir haben endlich eine Art zu leben gefunden, die uns ein wenig Freude und körperliche Nähe verschafft, statt in unseren Häusern zu sitzen und zu verkümmern, während wir darauf warten, dass unsere verwöhnten Kinder und Enkel vielleicht mal bei uns vorbeizuschauen gedenken.«

Brigitte sieht mir fest in die Augen. Ihre Wangen glühen.

»Wenn jemand unbedingt eine feste Beziehung möchte, können wir eine Ausnahme machen. Wir sind keine Fanatikerinnen. Der Sinn des Ganzen ist, dass wir tun, was zum Teufel wir wollen, solange niemand anders dadurch zu Schaden kommt. Unser System funktioniert. Wir brauchen keinen Moralapostel aus Stockholm, der noch nicht mal trocken hinter den Ohren ist. Himmel noch mal. Die Jugend wird wirklich immer verklemmter und engstirniger. Wie alt sind Sie? Vierzig?«

»Siebenundvierzig.«

Ich schlucke.

»Meine Mutter ist sehr verletzlich«, füge ich hinzu.

»Das ist die Sache Ihrer Mutter. Sie ist eine erwachsene Frau«, erwidert Brigitte verärgert. »Sie soll sich allein um ihr Leben kümmern dürfen. Was haben *Sie* eigentlich für ein Problem?«

Ich beginne zu weinen. Merke es zuerst nicht einmal. Plötzlich verschwimmen die Gardine mit der Fliege und der Farn und die Gläser mit dem Tee.

»Mein Mann hat eine andere«, sage ich und trockne mir die Augen mit dem T-Shirt-Saum. »Ich habe überhaupt keine Lust, gegen die Normen zu verstoßen. Ich will mich nicht scheiden lassen.«

Ich versuche, die Tränen zu unterdrücken; ich weine so selten, dass es komisch klingt. Wie ein schrilles Pfeifen.

»Oje.«

Brigitte seufzt.

»Da drückt also der Schuh. Sie Arme. Sie müssen etwas essen, Sie sehen aus, als würden Sie gleich in Ohnmacht fallen. Wollen Sie wirklich keine Dattel?«

Sie schiebt einen Teller mit Datteln zu mir herüber.

Ich nehme zwei.

Wir sind auf den niedrigen Diwan umgezogen, wo wir jetzt im Schatten sitzen und dösen. Brigitte hat Knäckebrot und Honig geholt. Es ist Mittagessenzeit und drückend warm, als ob ein Gewitter aufzieht.

»Wenn man Witwe wird oder die erste Hälfte des Lebens hinter sich gebracht hat, dann erträgt man diese furchtbar engen, anstrengenden Beziehungen oft nicht mehr, verstehen Sie?«, sagt Brigitte und leckt Honig vom Löffel. »Mein ganzes Leben war ich in langjährigen Beziehungen, habe Kinder aufgezogen. So viele Verpflichtungen. Pflichten, die ich mir nicht selbst auferlegt hatte. Jetzt interessiert mich das alles nicht mehr sonderlich. Und genau das haben wir Frauen in dem Verein gemeinsam.«

»Seit wann sind Sie Witwe?«, frage ich.

»Das kommt darauf an. Ich war dreimal verheiratet. Meine erste Ehe hat fünf Jahre gedauert. Damals war ich emotional noch sehr unreif. Ich wusste nicht, was ich wollte. Ich dachte, eine Ehe zu führen, hieße, all meine Ambitionen und Bedürfnisse hintanzustellen. Ich habe mich in eine altmodische Hausfrauenrolle zurückgezogen, die überhaupt nicht zu mir passte. Und dann hat mich mein Mann für eine vierzehn Jahre ältere Freizeitpädagogin verlassen! Das hat mir dann schlagartig die Augen geöffnet. Denn sie hat sich in keinster Weise zurückgenommen.«

Brigitte streicht Honig auf ein Stück Brot und nimmt einen Bissen. Ihre Bewegungen haben etwas Zurückhaltendes und Wohlüberlegtes an sich. Sie ist reizend, der Typ Frau, an der schon die einfachsten Dinge elegant wirken, ohne dass man weiß, warum.

»Göran, mein zweiter Mann, starb vor siebzehn Jahren«, fährt sie fort.

»Was ist passiert?«

»Ich bin nachts von einem komischen Geräusch aufgewacht. Es klang eher wie ein weinendes Baby, aber es war Göran. Er hatte einen Schlaganfall. Als wir im Krankenhaus ankamen, war es schon zu spät.« Brigitte schüttelt den Kopf und schließt die Augen. »Die Kinder waren noch klein, da hieß es also durchhalten. Ich habe versucht, mich auf den Alltag zu konzentrieren. Irgendwie ging das auch. Ich behaupte nicht, dass unsere Ehe über die Maßen glücklich war, in vielerlei Hinsicht haben wir uns nicht verstanden, aber wir hatten zum Glück immer ein gutes Liebesleben. Oberflächlich betrachtet wirkte er ziemlich unflexibel, er war Buchprüfer von Beruf, aber im Bett war er ein richtiger Abenteurer, selbstbewusst. Die ungewöhnlichsten Männer sind die, die kein übersteigertes Ego haben und wissen, wie man in emotionaler und sexueller Hinsicht gibt. Das Wichtigste ist eigentlich das *Zuhören*. Sich selbst und dem anderen. Und das konnte er.«

Brigitte lächelt wehmütig und streicht sich eine Haarsträhne aus der Stirn.

»Nach ein paar Jahren kam Bosse, er sollte den Kopfsteinpflasterweg hier draußen verlegen. Er blieb.

Ich wollte ihn nicht ins Haus einziehen lassen, ich hatte genug mit den Kindern zu tun, und er war fünfzehn Jahre jünger als ich. Also hat er sich ein kleines Baumhaus in der Eiche gebaut. Sehen Sie?«

Brigitte deutet durch das Fenster auf einen großen Baum. Oben im Wipfel kann ich so etwas wie einen kleinen Bungalow erkennen.

»Er hat mich immer zum Tee eingeladen und mir vorgelesen. Ein origineller Mann.«

Sie lächelt und runzelt die Stirn, als ob sie ihn gerade vor sich sieht in seinem Baumhaus.

»Wo ist er jetzt?«, frage ich.

»In Kuala Lumpur, dort baut er Schulen für behinderte Kinder. Manchmal besucht er mich. Er hat jetzt drei Söhne und eine sehr liebe Frau.«

Ich weiß nicht, was ich dazu sagen soll, und nehme mir eine Scheibe Knäckebrot.

»Nach ein paar Jahren habe ich tatsächlich noch einmal geheiratet, einen Anästhesisten, der sehr nett war«, erzählt Brigitte beiläufig weiter. »Leider ist er ganz plötzlich gestorben. Ein Blutgefäß in seinem Kopf ist geplatzt. Witwe bin ich also schon lange und auf vielfältige Weise.«

»Wie schrecklich«, sage ich. »Drei Ehemänner zu verlieren.«

»Ja.«

Brigitte zuckt mit den Schultern.

»Aber so ist das Leben. Man hat kein Recht darauf, einen geliebten Menschen behalten zu können. Wir müssen das Beste aus dem machen, was wir haben. Alles andere ist eine Beleidigung des Lebens.«

Ich lasse mich gegen die Stuhllehne sinken. Mamas Haus liegt so unendlich weit weg, in einer anderen Welt. Fredrik auch. Ganz zu schweigen von unserem Leben in der Stadt.

»Was für Frauen sind die anderen Witwen in Ihrem Verein?«, frage ich.

»Ganz unterschiedlich. Eine von ihnen hat so gut wie kein liebevolles Wort in ihrer viel zu lange währenden Ehe gehört. Jetzt ist sie siebenundsechzig, sieht aber aus wie fünfundvierzig. Sie kleidet und bewegt sich völlig anders als während ihrer Ehe, und das alles dank ihres Liebhabers. Er kommt aus Ungarn und ist verrückt nach ihr. Sie hat übrigens zwei. Nach dem Tod ihres Mannes merkte sie, dass sie nicht monogam leben wollte. Sie hatte immer nur versucht, seinem Ideal von sexuellem Eigentum zu entsprechen, auch wenn er in dieser Hinsicht nicht mal besonders an ihr interessiert war. In gewisser Weise konnte er einem auch leidtun. Wir werden alle in Erwartungen und Normen hineingeboren, die zum Teil überhaupt nicht zu uns passen.

Das Leben ist fast zu kurz, um sich von alldem frei zu machen.«

»Mir war die Sicherheit immer wichtig, die Vertrautheit«, sage ich zögernd. »Dass man sich an einen bestimmten Menschen bindet, der für einen da ist.«

Brigitte nickt.

»Für dieses Bedürfnis hat der Verein ein eigenes Modell. Sobald es einem Mitglied schlecht geht, sind die anderen da. Wir haben ein Stichwort für Krisensituationen, dann muss man nicht viel erklären. Aber wir haben noch andere Codewörter, wenn wir einfach Gesellschaft oder ein gutes Abendessen brauchen. Seit vier Jahren funktioniert dieses System. Mit uns muss Ihre Mutter sich nie wieder unsicher oder einsam fühlen. Die Frage ist nur, was wir mit Ihnen machen sollen.« Sie sieht mich an. »Haben Sie mit Ihrem Mann gesprochen?«

»Nein. Er weiß nicht, dass ich es weiß. Er hat eine Affäre mit einer Arbeitskollegin. Ich bin zufällig in seinem Handy darauf gestoßen.«

»Aha.«

Brigitte nickt.

»Sie haben also geschnüffelt. Wie würden Sie die Beziehung zu Ihrem Mann beschreiben?«

»Wir reden nicht mehr viel miteinander«, antworte

ich. »Deshalb kann ich es gar nicht genau sagen. Ich dachte eigentlich, dass alles in Ordnung wäre.«

»Fehlt Ihnen etwas in der Beziehung?«

»Ich weiß es nicht genau.«

»Dann sollten Sie vielleicht als Erstes mal darüber nachdenken. Und Ihren Mann fragen, was ihm fehlt, was er braucht. Es ist nicht gesagt, dass Sie einander alles geben können, aber vielleicht finden Sie einen Kompromiss? Wenn Ihnen die Beziehung wichtig genug für eine Heirat war, dann ist ja das Mindeste, was man tun kann, dem anderen zuzuhören. Es wäre sicher auch gut, wenn Sie nicht versuchen, sich zu rächen«, fügt Brigitte hinzu. »Das führt zu nichts. Nur guter Wille bringt etwas. Fragen Sie sich, was Sie entbehren und worauf Sie auf keinen Fall verzichten können. Und dann fragen Sie sich, ob Sie es *wollen*. Etwas zu können und etwas zu wollen, sind zwei verschiedene Dinge. Letztendlich läuft es darauf hinaus, was wir für eine Beziehung auf uns zu nehmen bereit sind.«

Sie steht auf und öffnet ein Fenster zum üppig bewachsenen Garten. Möwen schweben über den Himmel, sie sehen aus wie Drachen. Als würden sie aus reinem Vergnügen über den Himmel gleiten, weil es so schön ist. Wind unter den Flügeln. Das muss herrlich sein.

»Und bitte lassen Sie Ihre Mutter und Ali in Ruhe.«

Sie sieht mich streng an, als ob ich ein ungehorsames Kind wäre.

Als ich nach Hause fahre, nehme ich einen anderen Weg. Das Meer liegt wie ein dunkelblaues Seidenband zur Linken. Wolken sind aufgezogen. Das verrauschte Lokalradio spielt Musik aus den Fünfzigern. Ich kurbele das Fenster nach unten und lasse den Fahrtwind ins Auto. Ich fühle mich seltsam ruhig. Irgendwie müde und erleichtert, auch wenn ich nicht weiß, warum. Als ich auf das Grundstück einbiege, ist es drei Uhr nachmittags. Ich stelle den Wagen unter dem Baum ab und bleibe noch eine Weile sitzen, bevor ich ins Haus gehe. Fredrik räumt Gläser in den Küchenschrank. Mama sitzt am Tisch mit einem Tuch in der Hand und einer Tasse Kaffee vor sich.

»Hallo! Wir putzen gerade die Schränke. Wo warst du?«

Sie sieht mich verwundert an.

»Bei Brigitte Bagger«, erkläre ich.

Mama errötet und wischt ein paarmal ziellos mit dem Tuch über die Tischplatte.

»Sie war nett«, sage ich und schiele aus dem Augenwinkel zu Fredrik hinüber.

Hat Mama ihm etwas davon erzählt, was ich ihr anvertraut habe? Das ist schwer zu beurteilen. Sein Gesichtsausdruck ist so unergründlich wie die Mona Lisa. Hat er schon immer so ausgesehen? Oder hat sich das mit der Zeit eingeschlichen? Hat er aus Mangel an Rückzugsmöglichkeiten in unserer engmaschigen Familie letztendlich sein Gesicht zur Barriere gemacht, um das abzuschotten, was in ihm vorgeht? Bin ich genauso? Ziehe ich mich zurück, damit mir keiner etwas anmerken kann?

»Fredrik, wollen wir einen Spaziergang zum Strand machen?«, frage ich. »Ich würde gern mit dir sprechen.«

Fredrik stellt langsam das letzte abgetrocknete Glas in den Schrank und faltet das Handtuch.

»Klar. Ich hole nur meine Sandalen.«

Der Strand ist schmal, die Badegäste wehren sich tapfer mit Sonnenschirmen gegen den launischen Wind. Die meisten packen schon wieder zusammen. Wir setzen uns auf die Bank. Eispapier und anderer Müll liegt auf dem Boden. Plötzlich werde ich wütend. Warum können die Leute nicht hinter sich aufräumen? Glauben sie etwa, ihre Handlungen haben keine Konsequenzen? Dass sie keine Spuren hinterlassen?

»Ich komme gleich zur Sache«, sage ich und meide seinen Blick. »Gestern habe ich zufällig in dein Handy geschaut. Du hast deine Kollegin Frida ziemlich oft in der Arbeit angerufen. Mir fällt nur ein logischer Grund dafür ein.«

Ich werfe ihm einen Blick zu. Panik macht sich auf seinem Gesicht breit, bevor er sie verbergen kann.

»Lüg mich bitte nicht an«, sage ich. »Das ertrage ich nicht. Wenn ich alles falsch verstanden habe, dann erklär es mir bitte. Sonst ist es besser, wenn du nichts sagst.«

Fredrik schweigt. Ein Muskel zuckt neben seinem Auge.

»Eine Kollegin also«, sage ich schließlich beherrscht und nicke. »Findest du nicht, dass das ein wenig klischeehaft ist? Zumal du diesen Job kein halbes Jahr lang machen wolltest. Damals hast du das zumindest gesagt. Wie viel Zeit ist seither vergangen? Fünfzehn Jahre? Du bist examinierter Jurist, was völlig überflüssig ist, weil du nicht als Jurist arbeitest.«

Ich hole tief Luft durch die Nase. Die Lungen füllen sich mit Meerluft, Salz.

»Ich wollte nie Jurist werden«, sagt Fredrik leise. »Das war deine Idee. Du hast mir nicht zugehört.«

Er klingt unerwartet aggressiv.

»Was meinst du damit? Habe ich dich etwa gezwungen, das Studium abzuschließen? Das sieben harte Jahre lang gedauert hat?« Ich sehe ihn verwundert an.

»Nein. Aber ich habe immer gesagt, dass das vielleicht doch nicht das ist, was ich im Leben machen möchte. Nicht jeder hat so klare Ziele wie du. Du wusstest schon immer genau, was du wolltest. Weißt du, was dein Problem ist?«

Er sieht mich an.

»Nein«, antworte ich.

»Du erträgst keine Schwäche. Du hasst sie.«

»So ein Unsinn«, erwidere ich. »Was soll das heißen?«

»Du willst, dass alle nach deinen Maßstäben leben. Es war dir unglaublich wichtig, dass ich das Studium abschließe. Sonst hätte ich es abgebrochen und das Pub gekauft, das man mir und Jocke angeboten hat.« Er starrt mürrisch vor sich hin und kickt einen Zapfen zur Seite.

»Machst du Witze? Das Billardlokal, in dem das Studentenpub war?«

»Das war kein Billardlokal. Man hätte etwas daraus machen können. Wir hatten schließlich eine Lizenz zum Alkoholausschank. Und eine für den Restaurantbetrieb.«

»Himmel.«

Ich lehne mich zurück.

»Ich habe dich also davon abgehalten, Wirt in Umeå zu werden, und deshalb musst du mich mit einem Mädchen betrügen, das du an deinem Arbeitsplatz kennengelernt hast?«

»Du verzerrst wirklich alles«, sagt Fredrik. »Du wärst eine gute Anwältin geworden.«

Er stützt die Unterarme auf die Knie.

»Weißt du, sie ist nicht zurückgeblieben, nur weil sie am Empfang sitzt.«

»Okay, okay. Hör auf!«

Ich werfe die Hände in die Luft.

»Ich will nichts mehr hören.«

Fredrik schüttelt resigniert den Kopf.

»Ich dachte, du wolltest reden.«

Ich stehe auf. Meine Beine zittern.

»Bist du in sie verliebt? Wie lange geht das schon?«

Er lässt den Kopf hängen und sieht mich nicht an.

»Warte.«

Ich mache eine abwehrende Geste.

»Mach dir keine Mühe zu antworten. Eigentlich muss ich nur eines wissen. Willst du alles aufgeben, was wir gemeinsam aufgebaut haben? Willst du das? Wenn du das nicht willst, müssen wir einen Weg suchen, wie wir wieder zueinander zurückfinden. Wie wir wieder zusammen sein ... *wollen.*«

Ich zucke mit den Schultern.

»Überleg dir, was du brauchst. Und was du bereit bist zu opfern. Ich werde auch darüber nachdenken.«

Ich mache auf dem Absatz kehrt und gehe Richtung Haus, bleibe jedoch nach ein paar Metern stehen. Die anderen Strandbesucher haben sich interessiert zu uns umgewandt. Offensichtlich haben sie unser Gespräch laut und deutlich mit angehört.

Ich drehe mich noch mal um. »Weißt du, dass du mir leidgetan hast?«, zische ich wütend. »Ich dachte, du wärst überarbeitet, weil du in letzter Zeit so still warst. Jetzt weiß ich natürlich, woran das lag. Aber es ist so verdammt typisch, dass ich dir das alles aus der Nase ziehen musste. Dass du nicht den Mumm hattest, es mir selbst zu erzählen.« Nun gehe ich endgültig zurück zum Haus. Meine Arme zittern, aber ich halte sie vor der Brust verschränkt.

Mein ganzes Leben lang habe ich mich auf Listen verlassen. Listen mit Aufgaben und Verrichtungen, Einkäufe, Dingen zum Umtauschen oder Reparieren. Zu erledigende Telefonate. Zu besorgende Geschenke. Zu korrigierende Fehler. Auszuführende Arbeiten. Aufzusetzende Lächeln, auch wenn mir der Sinn überhaupt nicht danach stand. In allen Notiz- und Tagebüchern, die ich mir immer wieder gekauft habe und in denen ich eigentlich Gedanken zu Arbeit, Leben und Liebe niederschreiben wollte, stehen stattdessen unzählige Listen. Manche Posten sind ausgestrichen. Andere noch nicht angegangen. Aber ich frage mich, ob ich je aufgeschrieben habe, was mir am wichtigsten ist. Neue Glühbirnen und größere Schlittschuhe für die Jungs waren das ja wohl nicht? Den Installateur anzurufen, eine Reise zu buchen oder ein Paket bei der Post abzuholen? Was ist mir im Leben wichtig? Ich war immer der Meinung, dass Worte wie innere Einkehr, persönliche Weiterentwicklung und Zeit für sich viel zu überdreht und gekünstelt sind. Man findet das Glück, wenn man aufhört, darüber nachzudenken, und stattdessen etwas tut. Arbeitet. Die Waschmaschine einschaltet. Eine Blumenzwiebel einsetzt. Zumindest ist das meine Meinung. Ich war stolz darauf, mich bis zum Hals in die Mühen des Alltags zu stürzen, blind wie ein Maulwurf, der ruhende Pol zu sein. Mama und Papa hatten mir deutlich signalisiert, dass ihnen diese Einstellung besser gefällt als jemand, der sein Fähnchen ständig nach dem Wind richtet. Doch jetzt bin ich zu der versifften Pizzeria gegangen, mit meinem Kalender in der Tasche, und überlege, wie eine solche Liste aussehen könnte. Eine Liste mit allem, was mir am wichtigsten ist.

WAS ICH WIRKLICH WILL. Ich schreibe die Überschrift in Großbuchstaben.

Dann zweifle ich. Meine Hand zittert leicht. Was Fredrik gesagt hat, hat mich mehr mitgenommen, als ich zugeben möchte. Bin ich wirklich so taub und unflexibel? Ich habe doch nur versucht, mich an das zu halten, was wir vereinbart hatten. Eine Familie zu gründen, sie zu versorgen, Weihnachten zu feiern. Fredrik hat mich betrogen. Meine zweiundsiebzigjährige Mutter hat sich einen Liebhaber genommen.

Was will ich tun? Was sollte ich tun?

Lange sitze ich so da, mit dem Stift in der Hand. Mir fällt nichts ein, was ich schreiben könnte. Ist es wahr, dass ich Fredriks Träume zerstört habe? Habe ich eigene Träume? Ist das überhaupt wichtig? Muss man so etwas haben? Ich sehe hinüber zum Spielplatz. Als die Jungs klein waren, haben wir viele Stunden dort verbracht, auf der Rutsche, auf der Schaukel und an der Kegelbahn. In meiner Kindheit gab es sogar ein Karussell. Das habe ich geliebt. Ich stellte mich darauf, hielt mich am Geländer fest und schob mit dem Fuß im Sand an, bis das Karussell sich so schnell drehte, dass es jeden Moment abzuheben und durch die Luft zu fliegen schien, hoch über dem Meer. Jetzt steht hier ein kindersicheres niedriges

Klettergerüst. Sogar Kinder müssen vor sich selbst geschützt werden. Doch gegen die wirklichen Gefahren kann man sich nicht schützen. Diese ganzen Sicherheitsvorkehrungen sind nur Scheinmanöver, Wunschdenken. Das Leben ist lebensgefährlich. Ich schreibe:

Ich will Spaß haben. Ich will mich geborgen fühlen. Ich will mich geliebt fühlen. Ich will lieben. Ich will etwas Neues machen.

Ich beiße auf das Stiftende.

Ich will ein Baumhaus.

Der letzte Punkt überrascht mich. Wir haben ja nicht mal mehr einen Garten. Wie sollte das Baumhaus aussehen? Es sollte eine Matratze haben, ein Fenster, um in die Bäume schauen zu können. Ich will viel Zeit. Ein Gefühl, mit mir selbst Schritt halten zu können, was auch immer dieses »Selbst« ist. Vielleicht würde ich das da oben im Baumhaus herausfinden. Oder auch nicht. Aber was mache ich hier eigentlich? Was soll der Mist? Wütend zerknülle ich den Zettel, stopfe ihn in die Tasche und gehe hinunter zum Spielplatz, wo ich mich auf eine der alten Reifenschaukeln setze. Die Schachtel GLAMOUR-Zigaretten ist noch in der Tasche. Ich zünde eine mit blauem Papier an und versuche, einen Rauchring zu blasen, aber das konnte ich noch nie. Die Sonne geht in weißem Dunst am Horizont unter. Horizont. Was für ein inflationär verwendetes Wort, ständig wird es wie ein Symbol in allen möglichen Kontexten gebraucht. Menschen brüsten sich gern damit, einen weiten Horizont zu haben, eine Perspektive, den Überblick. Aber wie viel Überblick kann ein Mensch überhaupt haben? Vielleicht ist das auch Wunschdenken, genau wie kindersichere Klettergerüste. Wir haben im Grunde keine Perspektive außer unserer eigenen eingeschränkten. Wir sind in unserem eigenen Horizont gefangen, so sieht es aus. Mir ist zum Weinen zumute, aber selbst das ist schwer. Ich bin abgestumpft und leer, was aber andererseits auch kein total unangenehmes Gefühl ist. Es hat etwas Neues an sich, das ich so bisher nicht empfunden habe. Eine gewisse Unsicherheit, ein Ort, an dem alles passieren kann, wenn ich denn will, dass etwas passiert.

Von der Pizzeria nähert sich eine Gestalt mit den Händen in den Shortstaschen. Fredrik.

Schweigend setzt er sich auf die andere Schaukel.

Ich nehme einen tiefen Lungenzug.

»Kann ich eine schnorren?«

Er nickt in Richtung der Zigarettenschachtel. Ich strecke sie ihm hin.

»Such dir die Farbe selbst aus«, sage ich.

»Ich nehme Rosa.«

»Rosa? Seit wann magst du Rosa?«

»Das ist eine schöne Farbe. Hast du Feuer?«

Ich gebe ihm das Feuerzeug. Er zündet die Zigarette an und nimmt einen Zug.

»Es ist lange her, dass wir geraucht haben«, stellt er nach einer Weile fest.

Ich nicke steif.

»Als wir uns kennengelernt haben, hast du eine Blend nach der anderen gequalmt.«

Er lächelt unsicher.

»Und?«, zische ich. »Die waren am wenigsten schädlich. Ich war nicht so eitel wie du. Du musstest ja unbedingt Camel ohne Filter rauchen, als du das Studentenpub betrieben hast. Nur um cool auszusehen.«

Fredrik formt einen Rauchring, der sich im Abendlicht auflöst.

»Auf der Packung waren Dünen«, sagt er schulterzuckend. »Genau wie hier. Das hat mir wohl gefallen.« Er blickt zum Strand hinunter. Der goldgelbe Sand bildet Hügel hinter den Schilfbüscheln, die aussehen wie dicke Sommergäste.

»Vielleicht ist es wie mit dem Boot«, sagt er kryptisch. »Vielleicht bin ich nur ein Träumer. Aber ich weiß genau, wie es aussehen würde. Innen.«

Er wirft mir einen Blick zu.

»Wie würde es denn aussehen?«, frage ich und nehme noch einen Lungenzug.

»Überall lackiertes Teakholz. Ein großes eingebautes Bett mit runden Ecken, vielleicht ein cooles spezialangefertigtes Kopfstück. Ein hübscher am Boden befestigter Kompass. Gerne alt. Und auf dem Dach Solarzellen, damit man im Herbst nicht friert. Dunkel gehaltene Einrichtung.«

»Dann hätten wir die Wohnung nicht weiß streichen dürfen«, sage ich.

»Wir können ja neu streichen.«

»Wir können sie auch verkaufen.«

Wir schweigen. Das Meer brandet in kleinen weißen Wellen an den Strand. Das steife Schilf knistert leise, wo die Halme aneinanderreiben wie die Hinterbeine einer Grille.

»Ich hätte gern ein Baumhaus«, sage ich.

»Ein Baumhaus?«

Fredrik zieht die Augenbrauen hoch.

»Ja, ein richtiges mit Dach und Wänden. Hoch oben in einem Baumwipfel. Mit einer Strickleiter oder einer kleinen Treppe.« Ich drücke die Kippe im Sand aus und stecke sie ein.

»Vielleicht sollten wir das machen? Die Wohnung verkaufen, damit du dein Haus im Wald bauen und ich mein Baumhaus bekommen kann? Ich könnte Ali beauftragen, und er verlegt ein Reetdach.«

Fredrik sieht mich traurig an.

»Ich kann mir ein Leben ohne dich nicht vorstellen«, sagt er.

»Das hat dich aber nicht davon abgehalten, etwas mit Frida anzufangen.«

»Na ja, das ist nichts Ernstes, wir treffen uns noch nicht so lange, und ich habe nicht …«

»Sei still«, unterbreche ich ihn. »Ich will jetzt nicht darüber reden.«

»Filippa.«

Er tastet ungeschickt nach meiner Hand, doch ich ziehe sie zurück. »Du hast mich auch gemieden«, sagt er. »Lange Zeit. Wir müssen … Es muss sich etwas ändern zwischen uns, es darf nicht länger dieses lähmende Schweigen zwischen uns herrschen. Es stimmt, dass wir reden müssen. Ich habe das auch zu wenig getan. Aber ich wollte dich nie verlassen. Im Gegenteil, *ich* fühle mich von dir *verlassen*. Ich habe das Gefühl, dass du mich verachtest. Alles, was ich mache, was ich mag. Ich weiß nicht, was ich tun soll, um dich zurückzubekommen.«

Ich schaukele ein wenig, verdrehe die Ketten, an

denen der Autoreifen hängt. Dann hole ich das zerknüllte Papier mit der Liste aus der Tasche und gebe es ihm zögernd. Fredrik liest.

»Ist das alles?«

Er sieht auf.

»Ich weiß es nicht. Das ist das Erste, was mir eingefallen ist«, sage ich und fahre mit dem Fuß durch den Sand. »Was steht auf deiner Liste?«

»Keine Ahnung. Aber ich kann sie für dich aufschreiben. Wenn du willst.«

Er sieht mich eindringlich an. Ich antworte nicht. Wir sitzen einfach nur da. Spüren, wie es abkühlt, blicken in den gestreiften Abendhimmel. Ich denke an Brigittes Rat, mich nicht zu rächen, das Gefühl der Erniedrigung abzuschütteln. Das wird mir nicht immer gelingen, aber im Moment vielleicht schon.

»Ich würde deine Liste gern sehen«, sage ich daher.

»Komm, wir gehen ein Stück.«

Ich stehe auf. Wir halten Abstand, doch wir spazieren ganz langsam den Strand entlang. Zusammen.

Mama mustert das fertige Reetdach. Zweieinhalb Wochen hat es gedauert, doch irgendwie fühlt es sich wie ein ganzes Leben an. Mama ist tief gebräunt. Ich habe ihr mein buntes Blumenkleid geschenkt, das ihr wie angegossen passt. Das Haar trägt sie unter dem großen Strohhut offen. Ali hat ihn aus Resten vom Dach geflochten. Für sich hat er auch einen gemacht. Die beiden sehen aus wie Touristen in der Karibik.

»Das ist doch toll geworden, nicht wahr? Das macht gleich das ganze Haus schöner«, sagt Mama.

Ich nicke.

»Es ist sehr hübsch.«

»Ich überlege, ob ich die Fassade auch machen lassen soll, jetzt, wo ich schon mal angefangen habe. Der Verein hat da einen sehr kompetenten Maurer an der Hand. Es ist besser, mein Geld zu investieren, anstatt es nur herumliegen zu lassen. Ich will es nach meinen Vorstellungen ausgeben.«

Mama rückt ihren Hut zurecht.

»Ich muss nicht mehr so sparen wie früher. Es gibt keinen Grund mehr dafür. Die Fassade kann ich im nächsten Sommer angehen. Und die Fensterrahmen müssen auch gestrichen werden.«

»Englischrot wäre hübsch«, sage ich.

Mama nickt.

»Sehr hübsch.«

»Wo ist Ali?«, frage ich.

»Er hängt das alte Windspiel auf, das Papa und ich mal in Budapest gekauft haben. Wir haben es nie geschafft, es irgendwo anzubringen. Ich habe es im

Schuppen gefunden. Es soll hier oben am Dachfirst hängen.«

Mama deutet nach oben. Ali hat gerade das Windspiel in dem Reet befestigt. Der alte Mann und die alte Frau, sie mit Kopftuch, er mit Hut, die nebeneinanderstehen und mithilfe des Windes eine Art Kurbel drehen. Trotz der Arbeit sehen sie merkwürdig zufrieden aus. Die Farben leuchten vor der endlosen Weite des Himmels, als wären sie frisch aufgetragen.

Wer weiß. Möglicherweise funktioniert es ja.

Lesen Sie weiter >>

LESEPROBE

Bis dass der Tod euch scheidet …

Nach neununddreißig Ehejahren voller Sticheleien hat Irene endgültig genug von ihrem Mann. Als sie eines Tages in einer alten Schachtel Bleibänder zum Beschweren von Vorhängen findet, kommt ihr die beste Idee ihres Lebens: Aus der immer so netten Bibliothekarin wird eine gerissene Hobbychemikerin, die ihre bisher von Braten- und Kuchenduft erfüllte Küche in ein Labor verwandelt. Dort bereitet sie Bleizucker zu. Geduldig rührt sie ihrem Mann täglich ein Löffelchen in den Kaffee. Bei den wirklich wichtigen Dingen muss man langsam vorgehen ...

Nein, es war schon am besten so, wie es passiert ist, auch für ihn selbst. Denn wie wären wohl die nächsten zehn, zwanzig Jahre für ihn gewesen bei der Gesundheit – und der Gemütslage? Nicht ganz so witzig, möchte ich mal behaupten. Es wäre nur ein Dahinschleppen gewesen, ein langsamer Tod, der sich viel länger hingezogen hätte als der, den er letztlich bekam. Er hatte wirklich ein gutes Leben, anders kann man das nicht sagen. Nie brauchte er an jemand anders zu denken als an sich selbst. Er aß, wann er Lust hatte, in ungesunden Mengen. Schlief ein, bevor sein Kopf auf dem Kissen gelandet war – von einer Sekunde auf die andere. Schnarchte so eifrig, als wollte er seine Umgebung daran erinnern, dass er existierte, auch wenn er gerade schlief. Schließlich hatte er alles Recht der Welt, Platz zu beanspruchen!

Ich selbst schlafe geräuschlos, aber ich träume umso lebhafter. Horst konnte sich nie an seine Träume erinnern. Ich wäre beinahe mit draufgegangen, doch dann bin ich gerade noch mal davongekommen.

Aber wirklich in allerletzter Sekunde.

Mittlerweile liegt das Ganze sechs Jahre zurück, und noch ist mir niemand auf die Schliche gekommen. Wir waren neununddreißig Jahre verheiratet. Das ist eine lange Zeit. Nein, er hat mich nicht geschlagen. Auch nicht gesoffen. Warum habe ich es dann getan? Man könnte vielleicht sagen, dass es ein Verbrechen aus Leidenschaft war – aber nicht im althergebrachten, abgedroschenen Sinne. Nein, es handelte sich um eine Leidenschaft, die wesentlich tiefer geht und nicht nur zwei einzelne Menschen betrifft, sondern die Art, wie sie das Leben betrachten. Und da stand er am einen Pol und ich genau am entgegengesetzten.

Ich schreibe diese Erzählung in das Notizbuch, das meine Mutter mir einmal geschenkt hat. Neulich habe ich es beim Aufräumen zufällig wiedergefunden. Es ist in rotes Leder gebunden und hat ein marmoriertes Vorsatzblatt. Wahrscheinlich war es viel zu teuer für sie. Über vierzig Jahre hat es völlig vergessen in der Abstellkammer gelegen. Trotzdem weiß ich noch genau, was ich dachte, als ich es bekam: Es war so schön, dass ich es mir aufheben würde, bis ich wirklich etwas zu sagen hatte. Jetzt war es so weit. Ich schlug also das Buch auf, und im schwachen Licht der Lampe in der Abstellkammer entzifferte ich die kaum lesbare Widmung, die meine Mutter mit Bleistift hineingeschrieben hatte:

»Wenn Sorgen Dein Herze quälen –
diesen Seiten kannst Du sie erzählen.
Herzlichen Glückwunsch zum Realschulabschluss
von Deiner Mutter, 12.6.1960«

Ich sehe es als Omen.

In letzter Zeit ist mir immer häufiger das Wort Nachruf in den Sinn gekommen. Ich will nicht einfach unbemerkt verlöschen. Niemand soll denken, ich wäre leer gewesen, nur weil ich still war. Lange bin ich vorsichtig und angepasst gewesen. Jemand, der glaubte, dass Reden Silber sei und Schweigen Gold. Jemand, der die Idioten machen ließ, weil er dachte, dass sie sich am Ende blamieren und an ihrem Scheitern selbst schuld sein würden. Das glaube ich heute nicht mehr. Ich weiß, dass es nicht so läuft.

Außerdem möchte ich schon ein paar Dinge gesagt haben. Wie das alles so war, nicht bloß die Sache mit meinem Mann. Obwohl das ja durchaus zusammengehört. Ich bin also wach gelegen und habe überlegt und dann beschlossen, dass die Zeit gekommen ist zu erzählen, wie ich, die ich doch immer so nett bin, zur Mörderin wurde.

Aber ich werde es in meinem eigenen Tempo tun. Das hier ist mein Testament.

Mein erstes Lieblingsbuch habe ich aufgegessen. Ich war sechs Jahre alt. Das Buch hieß – man beachte die Ironie – *Der Junge, der nicht essen wollte*. Ich riss Seite um Seite heraus, knüllte sie zu kleinen Bällen zusammen und schluckte sie herunter. Ich konnte einfach nicht anders.

Als Mutter nach Hause kam und fragte, wo das Buch geblieben sei, hielt ich mir nur den Bauch. Sie verstand sofort, was passiert war, seufzte und meinte: »Das hast du doch bekommen, damit du still bist. Nicht, damit du es aufisst!«

Danach bekam ich keine Bücher mehr. Wenn ich heute über dieses Ereignis nachdenke, bin ich ein bisschen stolz auf mich. Es hat etwas von Tatendrang und Lebenskraft, wenn man das, was man liebt, tatsächlich zu einem Teil seiner selbst macht.

Später, als ich zu Hause ausgezogen war und die Bibliothek entdeckt hatte, stellte ich fest, dass man die Bücher nicht aufessen muss, um sie zu verinnerlichen. Es reicht, wenn man sie liest. Ich bin zu dem Schluss gekommen, dass ein Buch der einzige von Menschen erfundene Gegenstand auf der Welt ist, den man nicht besitzen kann. Ein Buch gehört dem, der es liebt.

Es war nur logisch, dass ich Bibliothekarin wurde. Mittlerweile bin ich natürlich nicht mehr berufstätig. Jetzt lebe ich bequem von meinem Erbe und beziehe außerdem Rente. Doch vor dem »Unfall« habe ich die ganzen Jahre in ein und derselben Bibliothek gearbeitet. Ich war schon immer empfindlich gegen Lärm, und früher waren die Bibliotheken wirklich ganz still. Da blökten die Leute nicht in ihre Handys und breiteten keine intimen Details aus, die niemand hören will.

Sie ließen ihren Nachwuchs nicht Computerspiele spielen oder in der Kuschelecke Snacks mampfen. Früher huldigte man in der Bibliothek dem Lesen an sich. Jetzt verlangt der verhuschte Zeitgeist, dass sie vor allem soziale Treffpunkte sein sollen. Im Laufe der Jahre musste ich Gedichte, Botaniklexika und Dramen aussortieren, um Platz für Billigkrimis und Kochbuchhalter zu schaffen. Ich musste ganze Regale mit wunderschön illustrierten Nachschlagewerken ausräumen, um Platz für ein Café zu schaffen, in dem jetzt schlaffe Typen herumhängen und Zeitschriften über Motorsport lesen. Manchmal kommen sie an meinen Tresen geschlendert und bitten um den Schlüssel zur Toilette oder um eine alte Ausgabe der *Hifi & Musik*, worauf ich am liebsten antworten würde: Geh geradewegs zur Tür hinaus und lauf weiter, bis du fünfundachtzig bist. Dann bieg nach links in den Straßengraben ab und mach die Augen zu.

In den Achtzigerjahren betrieb ich das Aussortieren in der Bibliothek mit meiner ganz eigenen kreativen Methode. Ich hatte eine mehrjährige privilegierte Phase, in der ich ganz einfach die Bücher wegwarf, die ich persönlich für minderwertig erachtete. Natürlich fragten die Leute danach, das waren ja in der Regel populäre Titel. Aber dann wies ich sie einfach auf die ellenlange Warteliste für dieses Buch hin. Bestanden sie dennoch darauf, auf Platz 104 der Warteliste für *Ayla und der Clan des Bären* gesetzt zu werden, versprach ich, mich wieder bei ihnen zu melden, und erklärte wenig später mit monotoner Stimme, dass das betreffende Buch in die Badewanne gefallen oder vom Familienhund aufgefressen worden sei. Was im Übrigen für Bibliotheksbücher eine ganz normale Art ist, ins Jenseits überzutreten.

In andere Bücher schrieb ich mit verstellter Handschrift ein paar Zeilen aufs Vorsatzblatt:

»Das ist der reinste Scheiß. Mit freundlichem Gruß, ein wohlmeinender Leser oder: *Auf S. 124 findet man die eigenwillige Beschreibung eines Nagelkopfes.«*

So konnte man den Leuten auch auf die Sprünge helfen.

Die schlimmsten Titel sammelte ich nach Feierabend in Müllsäcke und brachte sie mit dem Auto zur Altpapiersammelstelle. Die lag sowieso auf meinem Heimweg. Falsch beschriebene Liebe, spekulatives Schwelgen in Gewalt und todlangweilige Memoiren – all das verschwand im groben Reißwolf der Altpapierstelle. Der Gedanke, dass aus diesen peinlichen Verfehlungen neue weiße Blätter für bessere Schriftsteller hergestellt werden konnten, machte mir gute Laune. Fast genauso gute Laune wie der Gedanke, dass sie auch zu Toilettenpapier verarbeitet werden konnten. Wenn ich nach Hause fuhr, war mir ganz beschwingt ums Herz, meine nützliche Tat machte mich froh, und manchmal tauchten ein paar Strophen aus einem Gedicht in meinem Kopf auf.

»Und wenn's auch lockt, in das Geschwätz mit einzustimmen,
Obwohl du innerlich so voll Verachtung bist,
Bewahre dir den Stolz, allein zu wandeln.
Denn Wächter deiner eignen Träume sollst du sein.«

Was für eine seltsame Ruhe einem die innere Stimme schenkt. Wenn man nur gut zuhört.

Früher hieß ich mal Irene Husvig. Nachdem mein Mann gestorben war, nahm ich wieder den Mädchennamen meiner Mutter an. Jonsson. Irene Jonsson. Bei dem Namen zieht niemand die Augenbrauen hoch, vor allem nicht in der Gegend, in der ich mich jetzt niedergelassen habe. Die Leute, die hier wohnen, sehen mich wohl in erster Linie als kulturbeflissene ältere Dame, die aufs Land gezogen ist und manchmal in Gummistiefeln in den Ort fährt, um Biomilch zu kaufen. Harmlos. Ein bisschen exzentrisch vielleicht.

Sie haben keine Ahnung, dass ich sie alle innerhalb von Sekunden durchschauen kann, dass ich mich Dinge getraut habe, die sie sich niemals träumen lassen würden. Ich unterhalte mich selten mit jemandem. Mit Menschen hab ich's noch nie so gehabt. Es gibt zwei Menschen, die ich liebe, das sind meine Kinder. Meine Enkel von mir aus auch noch. Aber der Rest könnte sich gern in Luft auflösen.

Menschen werden total überbewertet.

Bis zur nächsten Ortschaft, in der es Lebensmittelgeschäfte, einen Friseur, einen Chiropraktiker und einen Baumarkt gibt, sind es zwanzig Kilometer. Ich werde den Namen des Ortes nicht nennen, das ist sicherer. Im Hinblick auf die Umstände. Das Haus, in dem ich jetzt wohne, ist ein altes Gärtnerhaus mit altrosa Putz. Als ich herzog, ruhten hier sechs wunderbare Hochbeete und ein verfallenes Gewächshaus unter einer Schicht Laub. All das hatte nur auf mich gewartet. Das wusste ich schon, als ich es zum ersten Mal sah.

Mein Leben lang habe ich mich nach diesem Ort gesehnt, das war mir auch sofort klar. Ich bin siebenundsechzig, aber ich fühle mich jünger denn je. Es kommt mir vor, als hätte ich mich gehäutet, als wäre ich eine andere geworden oder besser gesagt: diejenige, die ich in meinem tiefsten Inneren immer schon gewesen bin.

Um diese Jahreszeit wache ich davon auf, dass mich die Sonne durch die Spitzengardine an der Nase kitzelt. Oder davon, dass meine Elster an die Scheibe pickt. Sie wohnte schon hier, als ich einzog, ein verlassenes Junges, das ich unterm Dach gefunden hatte. Ich habe sie selbst aufgezogen. Sie ist wahnsinnig anhänglich: Sie folgt mir zum Briefkasten und legt ihren kleinen gefiederten Kopf an meine Brust, wenn sie müde ist. Ich füttere sie mit Haferkeksen und habe sie Pippi getauft. Sie leistet mir Gesellschaft, ohne Genörgel und Gejammer.

Wenn es draußen kühl ist, beginne ich den Morgen damit, dass ich Feuer im Kamin mache. Als ich verheiratet war, wusste ich nicht, wie man ein Feuer entfacht. Heute kann ich gar nicht mehr verstehen, warum ich das nicht schon viel früher gelernt habe. Wenn man lernt, Feuer zu machen, passiert irgendwas mit einem. Über zwei, drei Tage das Feuer in einem launischen Kaminofen in Gang zu halten, das ist eine Beschäftigung, die einen von Grund auf verändert. Man sieht überall Brennmaterial: Splitter, Späne, gute Zweige, perfekte Holzklötze. Das Selbstvertrauen wächst. Man wird geradezu besessen. Männer wissen das schon seit Jahrtausenden.

Nachdem ich den Ofen angemacht habe, drehe ich eine Runde im Garten und inspiziere meine Pflanzen. Das Gemüse gedeiht ausgezeichnet: Kartoffeln, Zucchini, Grünkohl, Rucola, Auberginen. Letztes Jahr habe ich angefangen, auch über den Winter anzubauen, auf die Art habe ich das ganze Jahr über Gemüse. Karotten, Petersilienwurzel und Pak Choi überstehen Frost sehr gut. Danach drehe ich eine Runde durch den übrigen Garten und betrachte den Rittersporn, der gerade in den Beeten erwacht, ich schnuppere am Lavendel und lausche den Vögeln.

Mittlerweile sehe ich überall Zusammenhänge. Die Blumen sind wie kleine Gesichter, sie wollen sich der Sonne entgegenstrecken, genau wie wir Menschen es tun. Sie machen sich schön für die Bienen, Hummeln und Schmetterlinge, verbreiten ihren Samen und versuchen in der kurzen Zeit, die ihnen zur Verfügung steht, alles zu geben. Sie wissen genau, wie das geht. Nur wir haben es vergessen.

Dann gehe ich hinein und setze Tee auf und kuschle mich mit einem Buch im Sessel am Fenster ein. Nur zum Essen mache ich eine Pause. Am Nachmittag muss ich manchmal ein bisschen Holz hacken. Ich bin stark und ausdauernd geworden wie ein Vollblutpferd. Mein Teint wird jeden Tag klarer, und meine Haare glänzen. Zum ersten Mal seit dreißig Jahren trage ich meine echte Haarfarbe. Ein dunkles Graublond, das in der Sonne funkelt. Meine Augen sind grün und hell wie das Wasser in einer Kalkgrube. Meine Stirn ist glatt. Ich finde mittlerweile selbst, dass ich schön bin. Es hat viele Jahre gedauert, bis ich so weit gekommen bin. Ich sehe interessant aus, mit einem sinnlichen und zugleich spöttischen Zug um den Mund.

Ich habe einen kleinen Fernseher, den ich ab und zu hervorhole, wenn ich Lust habe. Nach einem ganzen Tag an der frischen Luft lasse ich mich abends aufs Sofa sinken und reibe mir die Hände mit Handcreme ein, während ich mir das wohlgenährte Mädchen anschaue, das im Abendprogramm kocht. Sie berührt das Essen die ganze Zeit, tätschelt ihre Schweinekoteletts mit ihren glänzenden drallen Fingern. Ich mag sie. Sie will niemandem was Böses. Sie liebt ihr Essen einfach. Ich schaue so lange, wie ich Lust habe. Jetzt habe nämlich ich die Macht über die Fernbedienung. Manchmal trinke ich ein Glas Whisky oder einen Tee mit Bibernellenwurzel und Rosmarin. Beide Kräuter wirken krampflösend.

Nicht dass ich heute noch so viel unter Krämpfen leiden würde. Im Gegenteil, ich bin so entspannt, dass ich das Gefühl habe, ich hätte mich ein paar Zentimeter in die Länge gestreckt. Mein Hals ist länger, als ich gedacht hätte, und ich lasse meine Schultern locker hängen. Meine Bewegungen sind ausholend und geschmeidig. Ich lasse mir von niemandem den Platz streitig machen, nicht mal beim Schlangestehen. Das versucht auch keiner, und damit sind sie gut beraten.

Ehe

Die Ehe ist eine juristische und geistliche Absprache zwischen zusammenlebenden Personen. Die Ehe wird auf Lebenszeit geschlossen.

Nordisches Familienlexikon

Dem habe ich doch so einiges hinzuzufügen.

In der Ehe gibt es immer einen, der gewinnt. Und einen, der fertiggemacht wird. Die Ehe ist ein Kampf, ein Krieg. Ist es da nicht logisch, dass sie auch so endet wie alle Kriege? Einer stirbt? In der Ehe gibt es immer einen, der sich beugen muss.

Ich dachte immer, dass mein Geist, mein innerster Kern, ungebrochen und ich deswegen nicht besiegt sei. Der Umstand, dass ich klüger war als mein Mann, verlieh mir eine gewisse Überlegenheit. Aber die Wahrheit sieht eben so aus, dass es kräftezehrend ist, ständig seine Grenzen verteidigen zu müssen. Sobald man nachlässt, und sei es auch nur für eine Sekunde, schleichen sich die Auffassungen des anderen ganz automatisch bei einem ein. Immer nur ein bisschen, in fast unmerklichen Dosen. Und am Ende sind sie einem unversehens bis ins Mark gedrungen.

Ganz allmählich brachte die Sichtweise meines Mannes mich ins Grübeln, ob das, was *ich* schätzte, überhaupt etwas wert war. Ob etwas, das *ich* liebte, überhaupt wichtig war. Vielleicht war das ja alles nur Mist. Und als ich spürte, wie die Tür zu meiner eigenen inneren Welt langsam zuglitt, bekam ich richtig Angst. Ich beschloss, mich zu verteidigen, ja, nicht nur mich, sondern diese ganze Welt, die sich nicht definieren lässt. Dass sie existiert, wissen alle Menschen, die an etwas glauben, was jenseits der physischen und materiellen Welt liegt.

Da ist es ganz egal, was alle anderen sagen oder durchblicken lassen.

Diejenigen, die nicht glauben, haben oft eine Todesangst vor dieser Welt. Ich weiß nicht, ob das bei meinem Mann auch so war. Außer natürlich am Schluss. Da hatte er Angst. Ansonsten war er vor allem ein Langweiler. Er war überzeugt davon, dass er recht hatte. Überzeugt von seinen Ansichten. Von seinem gesunden Menschenverstand. Von seiner Logik.

Ist es ein Verbrechen, langweilig zu sein?

Ich möchte es nicht ganz ausschließen.

Horst Husvig. So hieß er. Den Großteil seines Erwachsenenlebens verlegte er Kabel. Zu Anfang unserer Ehe arbeitete er für die Schwedische Telefongesellschaft, doch dann machte er eine Weiterbildung zum Elektroinstallateur und begann, für ein größeres Unternehmen in der Elektronikbranche zu arbeiten. Er verlegte Kabel in unbewohnten und abgelegenen Gegenden, in gefrorenen Erdböden und bei Sonnenschein. Er war ein absoluter Vernunftmensch. Bitte keine Gefühlsargumente!, so lautete seine Parole. Außerhalb der Maßstäbe, die er selbst festlegte, ließ er nichts gelten. Es gab ein Richtig und Falsch. Freilich, wenn man überzeugende Argumente vorbrachte, konnte er durchaus noch mal über seine Ansichten nachdenken, aber das mussten schon wissenschaftlich fundierte Argumente sein. Alles, was außerhalb seines eigenen Horizonts lag, existierte einfach nicht. Man könnte sagen, dass er sich taub stellte für alle anderen Töne als seine eigenen.

Zehn Jahre bevor er in Rente ging, kamen die Mobilfunkmasten. Die konnte er nicht leiden. Er traute ihnen nicht über den Weg. Die streckten sich ja bis zum Himmel! Nein, da zog er seine Kabel vor, schön unter der Erde, da wusste man, wo man sie hatte.

Zu Hause verlegte er dicke Kabel zum »Audioraum« auf dem Dachboden, wo er immer seine grässliche Boogie-Woogie-Musik hörte. Als wir uns kennenlernten, war er Hobbymusiker und spielte Bass in einer Band, die bei diversen Tanzveranstaltungen auftrat. An einer Stelle im Audioraum hatte er einen Nagel in den Boden geschlagen, um zu markieren, wo genau der Klang am besten war. Dort hatte er seinen schwarzen Lederdrehsessel hingestellt. Einmal hatte ich den Stuhl ein paar Zentimeter verschoben, da wurde er rasend und keifte, ich hätte sein ganzes Klangbild zerstört.

»Es hat schon seinen Grund, dass der Stuhl genau hier steht! Das ist wissenschaftlich fundiert.«

Ich weiß nicht, wie oft ich in meiner Fantasie diese verdammten Kabel durchgeschnitten habe.

Knips. Knips. Mit einer scharfen Zange. Oder einer Gartenschere. Natürlich habe ich es nicht getan. Man muss sich gut überlegen, welchen Streit man ausfechten will.

In den ersten Jahren im Haus hatte ich ein schönes Leseeckchen auf dem Dachboden. Das war, bevor Horst seine Geräte hochbrachte und anfing, sich zu beschweren, dass die Bücher den Klang schluckten und so seine teuren Lautsprecher nicht richtig zur Geltung kamen. Während meine Bücher nach und nach in Kartons gepackt und in den Keller geräumt wurden, kleidete er die ehemalige Leseecke mit speziellen Akustikplatten aus, um noch der kleinsten Vibration der E-Gitarre gerecht zu werden. Das konnte man wirklich nur als Einbildung bezeichnen, aber seine Einbildungen waren offensichtlich mehr wert als meine. Nachdem er das Dachgeschoss in Besitz genommen hatte, steckte er all seine Energie in den Audioraum. Vergoldete Kabel, deren Drähte auf eine ganz bestimmte Art gedreht waren, transportierten den Klang zur Stereoanlage. Die Lautsprecher wurden vom Boden genommen und hochgehängt. Ein dicker dämpfender Teppich wurde verlegt. Der Plattenspieler, der so viel gekostet hatte wie ein besserer Gebrauchtwagen, wurde genau dort hingestellt, wo ich vorher meinen Schreibtisch gehabt hatte.

Aber ich fügte mich und suchte mir einen neuen Platz, neben dem Heizölkessel im Keller. Ich richtete mir sogar ein paar Bücherregale hübsch her, indem ich sie mit Borten und gemustertem Papier beklebte. Ich stellte mir einen Wasserkocher in den Keller, damit ich mir Tee machen konnte, und hinter den Büchern versteckte ich eine Dose Kekse. Manchmal ging ich dort hinunter, wenn Horst eingeschlafen war. Ich schaltete die nackte Glühbirne ein, kroch in den Rattanstuhl, den ich dort hingestellt hatte, und betrat wieder meine vergessenen Welten: Tor Andraes Buch über die Psychologie der Mystik. Die *Odyssee* von Homer. Senecas *Die Kürze des Lebens*.

Wenn ich müde wurde, kam es vor, dass ich mich auf den Orientteppich legte, den Horst von einer Türkeireise mitgeschleppt hatte, auf den er dann aber leider allergisch reagierte. Dort konnte ich manchmal besser einschlummern und schlafen als oben im Haus. Im

Heizungskeller war es zu warm und muffig, aber er gehörte zumindest mir.

Und auf diesem Teppich hatte ich zum ersten Mal meine Visionen. Sie waren anders als normale Gedanken und Träume. Sie kamen immer genau vorm Einschlafen und gestalteten sich immer gleich: ein Haus, irgendwo auf dem Land. Eine einfache Küche mit Holzofen, zwei Gasplatten und Regalen aus unbehandeltem Holz. Ein rußiger gemauerter Kamin. Tapeten mit kleinen blassen, fetten Cupidos. Ein Sessel. Und eine ganze Wand mit Büchern. Meinen Büchern.

Meistens entwickelte sich das Bild nicht weiter, dann hatte ich es wie ein Foto im Kopf, bevor ich einschlief. Um ehrlich zu sein, das Bild machte mir Angst. Es fühlte sich so real an, und gleichzeitig war es ganz anders als meine übrigen Träume. In diesem Traum wurde ich von der Sonne geweckt, stand auf, öffnete die Haustür einen Spaltbreit – eine altmodische Holztür – und machte ein paar Schritte ins taufeuchte Gras. Dort draußen war der Himmel blau.

Das war alles. Das war der ganze Traum.

Was ich in diesem verfallenen, unkomfortablen Haus anfangen sollte, ging mir nicht in den Kopf. Wo ich doch nie im Leben gezeltet hatte und mich vor Wespen, Spinnen und Zecken fürchtete.

Mit der Zeit begann ich, die Bücher mit nach Hause zu nehmen, die aus der Bibliothek aussortiert wurden und denen ich ein würdigeres Ende gönnte als den Verbrennungsofen oder die Altpapierstelle. Ich nahm immer ein paar mit nach Hause und stellte sie in den Keller. Horst regte sich auf, als er es mitbekam. Nicht weil er den Platz für irgendetwas gebraucht hätte, abgesehen von seinen Kabelrollen und ein paar alten Reifen und Rohren. Er fand es nur dämlich, erfundene Geschichten zu sammeln. Was ich denn damit wolle? Nun, in den ersten Jahren versuchte ich schon noch, es ihm zu erklären.

»In diesen Büchern verbirgt sich eine eigene Wahrheit. Die kann mindestens genauso wahr sein wie das, was wirklich passiert ist.«

»Glaubst du eigentlich, was du da redest?«, fragte er und schaute mich herablassend an.

»Diese Bücher legen Dinge bloß, die wir in unserem Alltag nach Möglichkeit verbergen wollen«, versuchte ich es mit der zaghaften Stimme, die ich damals hatte.

»Wie? Hast du etwa Dinge zu verbergen?« Seine Augen verengten sich argwöhnisch.

Ziegen. Als ich klein war, hatten wir Ziegen. Deren Augen sahen auch schnell misstrauisch aus. Mein Mann hasste Bücher. Obwohl, nein, hassen ist das falsche Wort. Sie bedeuteten ihm einfach nichts.

In den Jahren, in denen meine Unzufriedenheit langsam zu wachsen begann, ich aber noch keinen konkreten Plan hatte, entdeckte ich einmal ein Inserat, in dem ein Sommerhäuschen zum Kauf angeboten wurde. Es lag auf einer Insel. Ich schnitt die Anzeige aus und schlug Horst vor, zusammen hinzufahren und es anzuschauen. Nur zum Spaß. Horst warf einen zerstreuten Blick auf den Zeitungsausschnitt und murmelte: »Na, viel Glück auch, wenn du da draußen ein Kabel verlegen willst. Wie hast du dir das denn vorgestellt?«

Für Horst war es unvorstellbar, sich an einem Ort aufzuhalten, an dem es keine Kabel gab.

»Aber stell dir doch mal diese Stille vor«, versuchte ich.

»Bitte keine Gefühlsargumente!«

Das Leben besteht nicht aus den Dingen, die wir tun, sondern aus den Gefühlen, die unsere Handlungen in uns auslösen. Ich weiß nicht, wer das gesagt hat, aber es stimmt. Nicht unsere Handlungen an sich haben eine Bedeutung, sondern die Gefühle, die uns danach erfüllen. Das konnte mein Mann nicht akzeptieren. Und ich konnte nicht akzeptieren, dass er diese Gefühle so ignorant vom Tisch wischte.

Übrigens steht im *Nordischen Familienlexikon* noch eine denkwürdige Anmerkung zur Ehe: »*Obwohl die Ehe auf Lebenszeit geschlossen wird, kann sie durch Ableben eines Gatten gelöst werden.*«

✦

Vielleicht wäre das, was passierte, niemals geschehen, wenn sich nicht gleichzeitig so viele andere Dinge ereignet hätten. Womöglich wäre es bei Fantasien und Ausbruchsversuchen geblieben. Schwer zu sagen.

Ich weiß noch, wie ich eines Abends im Herbst am Küchentisch saß und Horst nach Hause kam und die Haustür zuknallte. Schade, dass er jetzt kommt, dachte ich. Es war kein gereizter Gedanke, nur eine geistesabwesende Feststellung. Ich wäre lieber allein geblieben. Ich fand es schon immer schön, einfach so dazusitzen und zuzusehen, wie die Dämmerung hereinbricht oder ein Vogelschwarm vorbeizieht. Einfach nur in Ruhe das Licht betrachten zu können – ohne dass jemand es kommentiert. Ins leere Nichts starren, so nannte meine Mutter das immer. Sie hasste die Stille. Sie sorgte immer dafür, dass jede Sekunde mit irgendeiner Tätigkeit ausgefüllt war. Aber man sollte Tätigkeit nicht mit Inhalt verwechseln. Diesen Fehler begehen die Menschen nur zu leicht.

Wir hatten gerade einen neuen Chef in der Bibliothek bekommen. Er hieß Pontus und hatte vor Kurzem seine Abschlussprüfung in irgendeiner dubiosen Medienausbildung gemacht. Er beschrieb sich als Siegertyp, der nur so vor Ideen sprühte. Bis jetzt hatte sich das darin geäußert, dass er unzählige Etiketten mit der Aufschrift »Leicht zu lesen« und »Schwierig zu lesen« bestellt hatte, die wir Angestellten auf all unsere Bücher kleben sollten. Ich war aufgefordert worden, über die Hälfte der Bücher in der belletristischen Abteilung mit »Schwierig zu lesen«-Etiketten zu versehen.

»Vielleicht sollten wir uns mal unseren Bestand näher ansehen«, sagte Pontus bekümmert bei einer morgendlichen Besprechung. »Wir haben hier nämlich eine ganze Schublade mit ›Leicht zu lesen‹-Etiketten übrig!« Er schaute in einen der Kartons mit den Aufklebern und strich sich nachdenklich über den blonden Bart. »Wir müssen einfach jedes zehnte schwierige Buch rausnehmen und es durch ein leichtes ersetzen. Gibt es Fragen?«

Pontus hatte noch mehr Ideen. Er wollte eine Karaoke-Ecke einrichten, wo jetzt die Lyrik stand – ein vergessener Teil der Bibliothek, der neue Ideen brauchte, wie er fand.

»Ich stelle mir da so eine kleine Bühne vor, die wir zu bestimmten Zeiten für Betriebsversammlungen und an Schulklassen vermieten können. Es ist wichtig, dass wir neues Publikum in die Bibliothek locken. Das wird ein ganz neues Betätigungsfeld für uns werden.«

»Aber wird das denn nicht beim Lesen stören?«, wandte Agneta vorsichtig ein.

Pontus nickte anerkennend.

»Die Idee ist unkonventionell, aber ich weiß, wir müssen mit der Zeit gehen. Die Leute lesen nicht mehr so wie früher. Man kann nicht Achtklässlern plötzlich Shakespeare um die Ohren hauen. Karaoke kann tatsächlich zum Lesen hinführen.« Er sah so aus, als würde er das ernst meinen.

»Und die Bücher, die jetzt dort stehen?«, fragte ich. »Was soll mit denen passieren?«

»Die Lyrik kommt vorübergehend zu den Garderoben, bis wir einen besseren Platz gefunden haben. Sind ja überhaupt unnötig große Garderoben hier. Ich hab mir gedacht, dass wir abwechselnd die Musik aussuchen und uns gegenseitig beim Bestücken der Karaokemaschine helfen. Es ist wichtig, dass sich das ganze Team beteiligt fühlt. Irene, du kannst anfangen. Such einfach zwanzig Lieder aus, die dir gefallen! Dann kriegen wir ein Gefühl dafür, was die Leute früher gern gehört haben.«

Pontus blinzelte mir zu und grinste. Als ich sah, wie die neue Bibliotheksassistentin leise in die Hände klatschte vor Begeisterung, merkte ich, wie meine Gedanken abschweiften und davonschwebten. Nach ganz weit oben, über die Regale und Lesesessel und die Kinderecke, für die ich selbst einmal die Kissen genäht hatte.

»Irene? Hast du gehört, was ich gesagt habe?« Pontus schaute mich besorgt an.

»Ich hab's gehört, ja«, sagte ich.

»Das wird langfristig der Leseförderung dienen. Ganz bestimmt. Und außerdem haben wir damit ein eigenes Konzept. Wir brauchen eine grenzübergreifende Zusammenarbeit.«

»Was sollen wir machen?«, fragte ich Agneta in der Teeküche. »Der Kerl ist doch völlig wahnsinnig.«

»Ach, weißt du, Irene …« Agneta zögerte. »Vielleicht ist der Gedanke ja gar nicht so dumm. Wir sollten ihn einfach nicht vorschnell abstempeln. Also, ich finde Pontus ja eigentlich ganz süß.«

Sie kicherte. Von Agneta hatte ich sonst immer Unterstützung bekommen, aber jetzt hatte ich das unheimliche Gefühl, dass meine älteste Vertraute die Seiten gewechselt hatte.

War es möglich, dass ich langsam, aber sicher das Gefühl für den Zeitgeist verloren hatte? War ich unmodern geworden? Und wenn ja, was bedeutete das für mich? Ich war schon über sechzig. In nicht allzu weiter Ferne würde man mich zwingen, in Rente zu gehen, und dann würde ich mein Leben nur noch mit Horst teilen.

Diese Erkenntnis erschreckte mich mehr, als ich mir eingestehen wollte.

Als ich abends mit dem Fahrrad nach Hause fuhr, hatte sich der Himmel rosa verfärbt. Diese Dämmerungsfarbe sieht man immer nur im Frühherbst. Sie ist wie ein schwacher Nachhall der üppigen Sonnenuntergänge des

Sommers. Die Stadt lag fast verlassen da, obwohl es erst halb sieben war. Seit die Leute nur noch ins neu gebaute Einkaufszentrum am Stadtrand gingen, hatte sich die alte Innenstadt in eine verlassene Kulisse verwandelt. Alle kleinen Läden wie Schneider, Schuhmacher oder Kurzwarenhändler hatten zugemacht, während draußen in den neuen sogenannten Einkaufsvierteln ein Riesengeschäft nach dem anderen eröffnet wurde, in dem man Heimelektronik und Sportkleidung kaufen konnte.

Die eiserne Spitze des Rathausturms hob sich schwarz vom Himmel ab. Unter mir glänzte die schmale gepflasterte Straße. Ich fuhr an der Bank und dem alten Kino vorbei und steuerte die ehemaligen Lokschuppen an. Als ich endlich auf dem Fahrradweg war, holte ich tief Luft und blinzelte in die Sonne, die langsam über den Gleisen herabsank. Aber da hupte es wütend hinter mir, und ein Moped brauste so nah an mir vorbei, dass es mich am Gepäckträger streifte. Der Fahrer, ein junger Mann, rief mir etwas zu, was ich nicht verstand, was mir aber trotzdem die Laune verhagelte.

Als ich nach Hause kam, stellte ich das Rad hinterm Haus ab und eilte in die Küche. Ohne die Schuhe auszuziehen, ging ich direkt in den Keller. Das Herz flatterte mir in der Brust, ich fühlte mich seltsam angegriffen. Ich schaltete den Wasserkocher ein und nahm mir eine Tasse und einen Teebeutel mit beruhigendem Tee. Vielleicht konnte ich noch ein weiteres Bücherregal umräumen? Ich hängte meinen Mantel über den Rattanstuhl, krempelte die Ärmel hoch und wollte zu meinen Bücherkartons gehen. Da sah ich es.

Die Kartons waren weg.

Einfach weg.

An der Stelle, wo sie gestanden hatten, standen jetzt vier Säcke Zement. Ich wusste sofort, was passiert war. Horst hatte meine Bücher weggeworfen. Nun war ihm meine private Altpapiersammlung, wie er sie nannte, am Ende doch zu viel geworden.

Während ich dort stand, niedergeschmettert und zornig zugleich, fiel mein Blick auf die staubige alte Holzkiste hinten in der Ecke. Das war ein Erbstück aus meinem Elternhaus. Ich konnte mich nicht entsinnen, was darin war, es war eine Ewigkeit her, dass ich hineingeschaut hatte. Ich ging hin und machte den Deckel auf.

In der Kiste lagen alte Vorhänge, die ich von meiner Mutter bekommen, für die ich aber nie Verwendung gehabt hatte. Sie waren aus Cretonne mit einem Muster aus Blumen und Pfauen. Meine Mutter hatte sie zu schön gefunden, um sie zu benutzen, und so waren sie lange bei ihr liegen geblieben. Unter den ordentlich zusammengelegten Vorhängen lag ein Schuhkarton mit braunen Papiertüten, die die Aufschrift »Vagnhärad Kurzwaren« trugen.

Ich machte eine Tüte auf. Erst begriff ich nicht, was darin lag. Ich schob die Hand hinein und holte eine dicke weiße Schnur heraus.

Es war ein Bleiband, wie man es früher in den unteren Rand von Vorhängen genäht hatte, damit der Stoff schön glatt und gerade fiel. Die Bleigewichte fühlten sich durch ihre weiße Hülle an wie Ameisenpuppen. Auf der Rückseite der Tüte war eine Warnung aufgedruckt: »Blei ist gesundheitsschädlich. Außer Reichweite von Kindern aufbewahren!«

In dem Schuhkarton lagen mindestens fünfzig von diesen Tüten.

Es war das reinste Glück, dass meine Kinder oder Enkel sie nie aufgemacht hatten. Das hätte böse ins Auge gehen können.

Bleivergiftung (Saturnismus)

Die Bleivergiftung ist von allen Vergiftungen die häufigste. Eine Bleivergiftung ziehen sich Menschen zu, die in ihrem Beruf mit Bleipräparaten in Berührung kommen, z. B. Setzer, Buchstabengießer, Glasierer, Spengler etc. Die Symptome stellen sich schleichend ein. Die Krankheit äußert sich durch Gewichtsverlust, trockene und blasse Haut, Erbrechen, Magenschmerzen, Durst, Appetitverlust, metallischen Geschmack im Mund, blaugraue Verfärbungen des Zahnfleischrandes, Zittern und Delirium. Auch psychologische Wirkungen wie Persönlichkeitsveränderungen und nachlassende Gedächtnisleistungen sind beobachtet worden. Eine akute Bleivergiftung tritt meistens dann auf, wenn Bleizucker mit normalem Zucker verwechselt wurde. In schwereren Fällen führt die Vergiftung zum Tode.

Schwedisches Nachschlagewerk, 1936

Blei war also lebensgefährlich, aber wie genau wirkte es? Ich hatte ein Lexikon im Regal. Das war eines der ersten aussortierten Bücher, die ich aus der Bibliothek mit nach Hause genommen hatte, vor allem, weil es so eine schöne Ausgabe war, in Kalbsleder gebunden und mit Rückenprägung. Während ich meinen Tee ziehen ließ, zog ich den Band mit dem Buchstaben B heraus. Die Seiten waren glatt und mit Schwarz-Weiß-Fotos bebildert. Ich schlug das Wort »Blei« auf und ließ den Finger weitergleiten bis zu »Bleivergiftung«. Eine faszinierende Lektüre.

Neben dem verblichenen Foto eines römischen Brunnens stand dort:

»Bleivergiftungen kamen im antiken Rom häufig vor. In Unkenntnis seiner giftigen Wirkung setzte man Blei dem Wein bei, um ihn süßer und haltbarer zu machen. Sogar die Wasserleitungen waren aus Blei. Bisweilen wird die Auffassung vertreten, dass Blei der Grund für den Niedergang des Römischen Reiches gewesen sei.«

Über mir hörte ich die dumpfen Bassläufe aus Horsts Stereoanlage. Das Geräusch setzte sich durch Rohre und Wände fort und kulminierte im Bücherregal, wo die Bücher unruhig gegeneinander vibrierten. Bald würden sie in der Bibliothek auch Musik spielen. Es würde keine einzige stille Ecke mehr geben.

Ich nahm einen Schluck Tee, blätterte weiter in meinem Lexikon und blieb beim Foto eines Arsenklumpens unter einer Glasglocke hängen. Offenbar war weißes und zitronenfarbenes Arsen bei den Frauen früher als Haarentfernungsmittel bekannt. Die Hausfrauen hatten damals sogar eine Mischung aus Arsen, gestoßener Asche und Sand hergestellt, mit der sie ihr feines Leinen stärkten. Das giftige Halbmetall Antimon war in Mascara gemischt worden, um einen hypnotischen Blick zu erzielen, während man großzügig ätzenden Kalk ins Spülwasser gab, um die Wäsche weißer zu machen. Mit anderen Worten: Frauen waren seit Tausenden von Jahren an Haushaltsgiften gestorben!

Nervös änderte ich meine Position im Korbstuhl und sah auf einmal etwas auf dem Boden glänzen. Ich bückte mich. Es war ein abgefallenes Stück von einem Buchrücken. Das war alles, was von meinen Kartons übrig geblieben war. Ich legte es als Lesezeichen zwischen die Lexikonseiten. An der Stelle mit der Bleivergiftung.